U0013499

你的美好，千金不換

穆熙妍 Crystal Mu

Breakfast
為了看到更美的風景，
才有意志力到更高的地方去；
想要變得更好，
是最可愛的虛榮。

Lunch

我們之所以執意往前，
是因為相信彩虹不只七個顏色，
在圓弧形的那端，
一定還有更耀眼的寶藏，
而我要去看看。

LEONE
LEONE
LEONE
Afternoon
tea
當妳只是累了，想休息一下，
再站起來的時候，
心裡一定還是那個精神飽滿的熱血少女。

Dinner

所謂的無悔，
不是無懈可擊的決定，
而是明白怎麼選擇，都可能有錯。
可是沒關係，因為路上有你，
想到這裡，不知道從哪個角落，
又能榨出一點力氣。

Midnight
snack
不必萬中無一，
但希望是你的弱水三千。
就像這世界可以無視於我，擦身而過，
可你得摸摸我的頭，站在我這邊。

序

我這樣定義我自己

其實一開始編輯希望我以千金這個身分作為新書宣傳點，我內心挺猶豫的。

為什麼呢？原因很簡單，現在「富二代」這個詞貶義多於褒獎，是個代表不學無術遊手好閒的標籤，更令人討厭的不只富，還有炫。所謂FU二代或許還是FU，但卻是負面的負。在很多人還在為了溫飽掙扎的時候，已經較為幸運的人，還來表達「努力卻難以得到社會認可」的心情，十足十是討罵，屬於得了便宜還賣乖的行為，負上加負。

可我又真真切切是一個努力撕標籤的人，對於這個題目有充分的經驗可以分享。

首先，我從小都是讀公立學校，因為家人不希望我和大眾社會脫節。小時候富二代這個概念還沒那麼流行，當時孩子們的思想也很單純，我的生活用品和言行舉止又受到嚴格要求，務必低調，力求簡樸，所以沒什麼煩惱。後來出國讀書，住的房子和開的車子也頂多算是中上，同學裡一擲千金全身名牌的人比比皆是，所以也安全過關。我的家教不是予取予求的那種，當時我的零用錢不夠用，還得去奶茶店打工。

在上大學之前，我一直覺得自己就是個普通人，值得驕傲的只有讀書成績和比賽獎狀，我爸常說「靠自己得到的才是你的」，我也這樣相信。第一次感受到自己因為家庭環境被歧視，是上大學之後。國外的暑假有三個月，除了修學分，我還會被家裡安排去各行各業做免費實習生。有一次去某電視新聞臺見習，同期有很多大學生一起，他們都是新聞科系的，只有我不是。我爸和當時的老闆是好朋友，說我不是新聞專業，有機會去學習就該心存感激，所以別人可以領基本薪資，只有我沒有。當時我年紀小，也覺得無所謂，可是上班後兩個星期，我因為週末陪家人參加一個公開活動被媒體拍到，畫面被臺裡的同事看見，所有資料立刻被查出來，包括我爸爸和老闆是朋友，還有我沒拿薪水這件事。

從此之後，所有人對我的態度都變了，本來願意和我說話的小姊姊們都不理我，之前跑新聞讓我幫忙扛機器的大哥們和我多說兩句話都不敢，別人夏天可以穿超短褲上班，我一件稍微合身的素色T恤都被要求回家換。當時的新聞臺有四個部門，政治、經濟、社會和生活組。我一開始在最辛苦的社會組，得跑許多醫院、警察局、消防隊、殯儀館，實習生得兩週換組一次，只有我在被知道是富二代之後，整整兩個月都沒有人願意和我換。

不過那時候因為累，常常站著，頭靠在停屍間的牆上就能睡著，腳底下屍水流過，兩個月瘦了五公斤，也算是意外收穫。

有次我上洗手間，門口有幾張椅子給抽菸的同事們坐，我上完準備要出來，聽見他們在外面聊天，有個人說哎呀你們和她比什麼，她拚命也就這幾個月，不過下凡來體驗人間，以後還不是嫁入豪門。

另一個人說，她嫁什麼豪門，她娶一個人進豪門還差不多。

大家哄堂大笑，最後一個人說，反正她工作就是玩玩的，人家不缺錢。

從頭到尾都沒有人說名字，但不知道為什麼，我知道他們在說誰。我在洗手間滿面通紅，等午休時間結束了才敢出來，那年我十九歲。

是的，我這輩子聽過最多的話，就是「反正妳不缺錢」。無論書讀得多好，工作時數多麼長，態度多麼認真，甚至做多少公益，都有人會說那又怎麼樣，妳做得好是應該的；因為妳起點比人家高，反正妳有錢。

連談戀愛被騙，都被笑說妳那麼有錢居然還會失戀，直到現在我都沒搞懂這兩者間的邏輯。

我不是要很虛偽地說經濟環境和成就沒關係，我承認原生家庭的條件絕對是助力。可我父母對我的投資固然多，我也沒有辜負那些優勢。

用「有錢」兩個字來否定一個人的努力是不公平的。

我大學讀完後，憑自己的能力考上翻譯研究所，走的是會議中英同步口譯，兩年內要修完六十九個學分，還要實習，一家家會議公司投履歷。我讀完書就沒和家裡拿錢了，剛出社會的時候接不到案子，只好去翻譯字幕兼上網賣衣服，最後建立起一些基本客戶，後來在一個國際會議的場合遇見從事媒體業的老闆，我是這樣出道的。

我這輩子做的每一份正式工作都是自己找的，沒有靠關係，沒有走後門，後來進演藝圈，記者查到並公開我的家世背景，我老闆看新聞才嚇一跳，連忙問我他該不該拜見一下我爸，我笑說來不及了，合約已經簽了。

和大家分享這些，不是要說身為富二代有多委屈，那樣太矯情了，連我自己都不相信。可我想告訴大家的是，對任何人的偏見都是錯的；家裡有錢不是罪，和家裡沒錢一樣，它不是一個選擇。即便如此，一個人的讀書和工作成績，還有最重要的人品，這才取決於自己。一個人如果謙虛努力，家境貧困也能收獲尊重；可一個人若是盛氣凌人，出身優渥只能得到鄙視。

我曾經在一個充滿社會名流的場合，被同桌的人上下打量，傲慢地問我：「妳知道我是誰嗎？」我沒回答，心裡覺得他好可憐，年紀輕輕就得了失憶症。

很多事都是一體兩面的，一路以來我或許因為身為富二代被諷刺，也背負著更多的期待與綑綁，可我的起跑點確實是比一些人前面，生活的經濟壓力也少一點，這就是我的人生，沒什麼好驕傲，可也無須覺得羞恥而否認。

我爸常說「靠自己得到的才是你的」，我仍然這樣相信，無論出身好壞，抱怨沒有意義，唯有做得更好，才能證明自己的價值。

現在太多人喜歡貼標籤，覺得美女一定拜金，富二代就是顯擺等等，我相信有些人是，可不是每個人。如果因為懶得去花時間精神瞭解不懂的人事物，而把人以既定印象群分，這種行為雖然省時省力，卻畫地自限，喪失了探索與發現人性多樣化的可能。一個人的標籤貼到哪裡，對未知世界的瞭解就到哪裡。

不要怕那種人，更重要的是，不要變成他們。記得標籤都是別人貼的，你是誰，只有你自己才能定義。我曾迷失過一段時間，特別拚命想證明自己和一般的富二代不一樣，那段日子特別累，後來發現無論怎麼做，都會有不認同的人，不可能也沒必要改變他們的想法。人活著都有難處，寬容看待世界，努力做到最好，坦然面對自己就可以了。

不卑不亢，心中必定懷有珍寶，這才是一個人真正的財富，我期許自己成為這樣的富二代。

謝謝每個買書的你，給我機會，撕我的標籤。

Chapter
Breakfast

我才不要和你各自安好

有些人天生就是表演型人格，Hank就是其中一個。

他反應快，人聰明，隨時有排山倒海的笑話，搞笑時爽快漂亮，說起故事來更是加油添醋，能把一件很簡單的事講得驚心動魄，朋友們聚會少不了他，只要有Hank就沒冷場。

如果還有美女在座，他更是來勁，一張嘴天花亂墜，能把女孩子哄得不知道自己姓啥名誰。

有次大家吃飯，有朋友帶了幾個網拍模特兒來，面對一排大眼睛白皮膚尖下巴的妹子，Hank頓時樂開了花，講起他留學英國時的一個故事。他說他那個學期考試成績慘不忍睹，他爸對他實行經濟制裁，Hank餓了三天，實在想吃燒鵝飯，家裡米和碗都有了，只缺一隻鵝，可又沒錢買，於是把腦筋動到了海德公園裡的那些天鵝身上。

「你們知道，那些大天鵝又肥又胖，平常在公園裡耀武揚威，沒有天敵。」他煞有其事地說：「我想牠們愣頭愣腦，一定很好捉，於是找了個麻布袋，準備趁月黑風高去撈一隻來。」

「有那麼容易捉嗎？」一個小美女被故事吸引，狐疑地瞪大眼睛。

「怎麼沒有？」Hank挑著眉毛，邪魅一笑。「我本來也以為很難，結果才花了五分鐘就捉到一隻，這麼容易上鉤，一定是隻母鵝，看我長得帥。」

幾個小女生一邊翻白眼，一邊催促他講下去。

「我抱著鵝，迅速鑽進車子開回家，進廚房立刻刀子一抹、燒水拔毛。你們不知道，那隻鵝肉真多，身子沉得不得了，估計能吃很久……」他口沫橫飛：「結果我把鵝腹切開一看，天啊！」

「什麼什麼什麼！」鶯鶯燕燕一陣騷動，大家飯也不吃了，直盯著Hank看。

「裡面滿滿的都是寄生蟲，一隻都有這麼大！」他伸出手指比劃，引得女孩子們尖叫。

「妳們以為這樣就算了——」Hank神祕兮兮：「精彩的還在後面哪！」

「我正噁心，突然砰一聲，我家大門被踹開。」他手舞足蹈：「進來一堆穿制服的英國警察，說我涉嫌盜竊女皇的財產，把還沒煮的鵝和我一起帶走啦！」

「天啊！那你怎麼辦？」小女生已經完全投入在Hank的奇遇之中。

「證據確鑿，我百口莫辯。」Hank攤手：「只好進局裡蹲了，最後請律師打電話給我爸，他託了幾層關係才把我放出來，不過以後我可是限制人口，終身不能入境英國。」

「哇！」對面的女孩子徹底被震撼，濃密的假睫毛下是一排星星眼。

這時大頭偷偷問我：「這……是不是真的啊？」

我聳聳肩，故事雖然誇張了點，可Hank的爸爸政經關係確實不錯，也不是沒有可能。

這就是Hank，說話亦真似假，認識他久了，我們都習慣不去追究真實性，反正大家出來圖個開心，氣氛好就可以，誰管故事灌水有多少比例。

但Hank的女朋友小芸可不這麼想。

她是做出版編輯的，人也像這個行業一樣，必須一絲不苟。她曾說世上一半的人都該重新學習怎麼用標點符號，有的人連訊息也打不好，每一句話都用「！」做結尾，讀起來心肝亂顫，腦袋裡像是有一個大鼓在咚咚咚地敲；還有人好像不認識句點，動不動就來一串「……」，到底是有多少一言難盡欲語還羞？

她這麼一板一眼的人是怎麼和Hank走到一起的，我覺得比標點符號該怎麼用還難懂。

小芸工作很忙，和我們出來的機會不多，就算偶爾同行，也不太說話；這不能怪她，Hank存在感太強，一個人能打十個，碰上他誰都只有拍案叫絕的分。

但小芸常常笑不出來。

有次大家前一晚喝太多了，第二天約出來按摩。幾個人腳步虛浮，搖搖晃晃在石砌的洗腳盆前坐下，脫下襪子捲起褲管準備讓按摩師操作。一位女師傅見Hank半死不活地癱在一邊，職業性地說先生你不脫我幫你脫了哦！

Hank假裝驚慌，雙手抱胸：「妳妳妳，妳得到我的身體，也得不到我的心！」

我頭再痛也忍不住笑了，大頭昨晚太嗨，喊到喉嚨啞，只能張著大嘴呼氣，發出無聲無息的哈哈哈。

小芸全程冷著一張臉，沒等到按摩結束，就和男友吵了起來。她說你這樣無不無聊，見誰都要撩幾句，他說不就是開開玩笑罷了，妳這樣凡事認真才無聊。

我們在旁邊非常尷尬，無奈腳在別人手裡，想迴避也沒辦法，只能看天看地看手機，微博、微信、facebook、instagram都刷完了，他們還沒吵完。

其實我很想和小芸說，像Hank這樣的人，雖然出去買杯咖啡也能和服務生聊得天花亂墜，可也就耍耍嘴皮子，真要付諸行動，他未必願意。會說話是一種技能，無論是與生俱來或是後天練成，你不讓他用，他渾身不對勁。就像我很多健身的朋友，肌肉越大越對衣服過敏，什麼都穿不上去，布料遇到皮膚會自動彈開，不露肉都天理不容。

有人天生需要注意力和掌聲，規定脫口秀大師只說笑話給一個人聽，未免太不可能。

但是小芸不覺得，她認為男人應該寡於言重於行，我也講過Hank，既然女朋友介意，在她面前收起幾分油滑也不會死。

「可那就不是我了。」他回答，一臉無奈和無辜。

我是一個認為勉強沒有幸福的人，於是不再多說，何況Hank講的也沒錯。

顯然小芸也是這樣想的。

有次Hank手機響，他在洗手間，小芸本來沒打算管，但眼角瞥到來電顯示寫著「小可愛陳玉」，於是她想都沒想，接了。

「親～愛～的～」電話那頭傳來一個嬌滴滴的聲音：「你上次問我的那件事，我幫你搞定了，你看看這個星期什麼時候有空，我拿去公司給你簽個名就行。」

小芸冷冷地回答：「他在忙，請問哪位？」

「啊！不好意思。」對方改了口氣：「我是他的保險經紀人陳玉，麻煩妳請他有空回個電話給我，不急。」

小芸掛了電話，Hank洗完澡出來，見到的就是她嚴峻的臉色，有如一座冰山，牢牢地嵌在沙發上。

一開始Hank還能嘻皮笑臉的應對，說做業務的妳也知道，見誰都喊親愛的，因為她身高不到一百六，所以就開玩笑給她取了個綽號叫小可愛；如果兩個人真有什麼，根本不會讓小芸有接到電話的機會。

但小芸聽不進去，她把兩個人從在一起到現在所有的帳都翻出來，像發了瘋一樣把摸得到的東西摔個稀爛，最後Hank也怒了，對她大吼，既然妳和我在一起這麼不開心，不如分手算了，我們兩個人就是個錯誤！

小芸突然冷靜下來，看著他的眼神充滿絕望和悲愴，兩個人僵持了一陣子，她終於開口：「謝謝你告訴我。」

然後她開門走了。

Hank和大家描述這件事的時候，看起來沒有很難過，他的語氣有點自嘲，更有點輕鬆。老實說我們也覺得這兩個人不太合襯，早分或許真的早好。話題很快轉到別的地方，我們聊著晚上要看電影還是去一間新開的酒吧，Hank一直不搭腔，大頭忍不住用手肘推他一下。

「欸，慶祝你恢復單身，今天你說了算。」

Hank沒有回答，過了幾秒，他苦笑著說：「你們知道嗎？以前我和她意見常不一樣，為了小事都能爭個不休，我愛玩，老是和她打賭，說贏的人可以提一個要求，要對方做什麼買什麼都可以，只要在能力範圍之內就行。」

「我總是很快就能想到，比如說下次讓我和兄弟們出去玩一晚上她不准生氣，去吃一家她不喜歡但我很愛的餐廳之類。」

「可是每次輪到她開條件，她努力思考半天，卻怎麼想都想不出來，她說她有我就好了，其他什麼都不需要。」

我們不說話，但表情都溫柔了起來。

「我知道今天晚上要去哪了！」大頭的手猛地往桌上一拍，我正想罵他不識時務，他卻從口袋掏出車鑰匙：「小芸家！」

我們的計畫是這樣的，由於小芸不接Hank的電話，於是大家打算開車到她家樓下，由我找藉口騙她下樓，Hank再突然出現，運用他的三寸不爛之舌來個世紀大復合。

我們沒想到的是，小芸一見到Hank，立刻轉身就走。

那天氣溫很高，還沒到夏天就快三十度，不知道是天氣熱還是緊張，Hank還沒開口就汗流浹背，跟平常應對遊刃有餘的樣子一點都不像。

「都是我不好，我知道錯了。」他拉著小芸的衣角，可憐兮兮地和她商量：「以後什麼都依妳，我一定坐如鐘站如松，啞口無言一聲不吭，噤若寒蟬守口如瓶。」

我雖然中文沒讀到高中，但我很確定這樣用成語是不對的。

小芸沒有大家想像中的憤怒，她用幾乎是求饒的口氣對Hank說：「你說得對，我們不適合，這個世界對你來說就是個玩笑，而我太正經，我們在一起就是個錯誤。我也不怪誰，你就當放過我，各自安好行不行？」

「那是氣話，妳知道我不是那個意思。」Hank急忙分辯。

小芸苦笑：「你總是嘻皮笑臉，誰知道你說的是真的還是假的？」

「也對。」Hank想了幾秒：「那，我們用骰盅決定。」

我們在一旁聽見全驚呆了，大頭的嘴都合不攏，原本就不走聰明路線，現在看起來更是智商不高。

小芸先是錯愕，漸漸怒氣上湧，她緊握著包包，手指發白。

Hank一頭鑽進旁邊的便利商店，很快買了一盒骰子，要了兩個紙杯出來：「我們玩一把，我贏了妳就再給我一次機會，我輸了，從此消失，再也不煩妳。」

還有這種復合方法的，我服了。

小芸盯著Hank看，場面尷尬了很久，就在我們不知道該不該小聲唱賭神主題曲的時候，她狠狠地抓起紙杯和骰子，毅然決然說，玩就玩！

我在旁邊激動得拍腿叫好，大頭痛到眼淚都飆出來，因為我一掌下去，拍的是他的大腿。我這麼高興是有原因的，Hank什麼遊戲不會，骰盅最拿手，不費吹灰之力就能贏幼兒園級的小芸。

我當時覺得Hank太聰明了，激得小芸接受挑戰，接下來只要輕鬆獲勝，就能把女朋友贏回來。

兩人猜拳，Hank先喊，他一開口，我們又傻在原地。

「十個一。」他好整以暇看著小芸，雙手抱胸。

「你說什麼？」小芸不可置信，她雖然不擅長這個遊戲，規則還是懂的。骰子一共也就十顆，全部都是一的可能性等於沒有，就算小芸這把不開，她也喊不上去。

Hank這是故意要輸。

淚水漸漸聚積在她的眼眶裡，小芸握著紙杯的手顫抖，幾乎要把杯子捏破。我們開始為Hank的安危擔心，大頭往後退了幾步，不過我不怪他，畢竟安全第一，小芸看起來隨時會爆發。

「開！」她含著眼淚抓起Hank面前的紙杯，隔著一段距離的我們還沒看清楚是幾，小芸突然摀著臉，蹲下來哭了。

「妳說得對，我嘻皮笑臉，假話連篇。」Hank也跟著蹲下，用商量的語氣輕聲說：「可想和妳在一起，千真萬確。」

劇情急轉直下，我們一湧而上，爭先恐後望著翻倒的紙杯，原本應該有十顆骰子的地方，端端正正躺著一枚精光燦爛的戒指。

這世界上，誰沒有誰不行呢？

所有的雞湯文章、感情專家，甚至親朋好友，都耳提面命，痛心疾首地告訴你分手快樂，舊的不去新的不來，一個人不等於寂寞，單身有單身的精采。我也知道我沒有你不會死，你沒有我也能活，可想到你有天牽著別人的手，我突然就覺得日子再瀟灑自在，都好像缺了一塊。

我想到以前大家去ＫＴＶ，喝醉的Hank會開始亂講很破的閩南語，接著點一堆沒聽過的臺語歌。只開口他是不甘心的，非得要上臺比劃一陣，唱〈舞女〉就扭腰擺臀，唱〈浪子的心情〉就怒捶胸口，逗得大家噴茶噴酒。最後他會以同一首歌收尾，還要拉小芸一起表演。

「給妳疼，給妳惜，給妳捧在我雙手中。」滿身酒氣的Hank誇張地半跪在臺上，一隻手拿麥克風，一隻手牽著小芸，對她搖頭晃腦大聲唱：「我一生唯一的希望，要給妳快樂，好不好？」

小芸總是很尷尬，拚命用力想把Hank拉起來，可怎麼也扯不動，她想把手抽回去，他卻說什麼也不放鬆，最後小芸只能羞紅著臉頻頻點頭：「好好好，你快起來啦！」

我也知道我沒有妳不會死，妳沒有我也能活；說不定，和下一個人還會過得更快樂。可能不能請妳委屈一點，和我這個混蛋將就一輩子，好不好？好好好。

一起去遊樂園

故事的開始其實很普通，我一個條件很好的男生朋友謹言，最近有了新對象，那個女孩子我不認識，看照片只覺得是嬌小型、長得不錯，不過這也沒什麼，我這個朋友常被大家說談感情最有原則，唯一的原則就是看臉。

直到有天謹言的媽媽打了通電話給我，這年頭什麼事不能用通訊軟體聯絡，會打電話來的不是講工作，就是不習慣發訊息的長輩，於是我拿出面對正事的態度，迅速而恭敬地接起來。

她的開場白也很有趣：「Crystal啊，妳好嗎？阿姨一點也不好，能不能幫我一個忙？」

我笑了，連忙說您請講。

「妳知不知道我們家慎言最近的女朋友是誰？」

「啊？」我愣了一下，腦海裡浮現了那個嬌小的女孩子。

「妳先去翻一翻他的facebook相簿，再把照片發給我看。」

雖然還不知道發生了什麼事，但本能告訴我這件事不能幹，於是我找了個藉口推託，說我人在外面，手機上的facebook帳號是粉絲頁，私人帳號要回家才能用iPad看。

「這樣啊……」阿姨有點失望，但瞬間又想到什麼：「那instagram呢？或是微信朋友圈？」

我終於忍不住了：「阿姨，怎麼了嗎？」

她嘆了一口氣，說謹言最近把她設定為限制好友，她看不見他的照片，於是她轉戰instagram，結果他立刻將帳號變成私人。

「又不是去販毒，哪有人這樣防自己媽媽的？」她很懊惱，我陪笑聽著，心想謹言又不是已婚男人偷情，也沒媽這樣查自己兒子啊！

「他為什麼要這樣呢？」

我這一問可問到阿姨的心坎上，她頓時忿忿不平，和我抱怨謹言的新女友娃娃，果不其然，就是照片上的那個女孩子。據他媽媽說，這個女孩子高中畢業就出來工作了，一開始做美髮助理，後來又去唱片宣傳公司當藝人的保母，染一角漂過的彩色頭髮，穿一件破洞露出膝蓋的牛仔褲，每天睡到快中午，半夜三點還在外面應酬。做媽媽的實在無法認同這樣的生活，和兒子說過幾次，沒想到他索性讓自己的交友狀況成謎，然後告訴她兩個人已經分手了。

「不是我現實，別人怎麼打扮，何以謀生不關我事。」阿姨向我訴苦：「可從小送他出國念最好的學校，雙碩士，足球校隊，三國語言，鋼琴考到十三級，結果找個對象是這樣的，叫我和他爸爸怎麼接受。」

我認識謹言很久，他們家的事略為知道一點，阿姨是謙虛了，這種富了三、四代的人，大學畢業不算念過書，流利的中英文是最基本。有次某報導說我是學霸，謹言轉貼給我，評語是哈哈哈哈哈。

我說你滾，我不要和比自己厲害的人做朋友。

他回答：「別這樣，人生不要過得那麼孤單，不健康。」

娃娃這樣的女孩子不是不好，只是和他爸媽心裡描繪的不一樣。

我胡亂安慰了他媽媽一陣，說的話活像一個不負責任的花花公子，什麼阿姨您別擔心，交往又不是要結婚，大家做朋友而已，這年頭還有什麼吃不吃虧的事。她漸漸寬心，我卻越說越心虛。

你看生男孩就是這點輕鬆，要是今天謹言是個女兒，人家媽媽聽到這種話不得心臟病發？

好不容易掛了電話，我立刻發訊息和謹言邀功，說你媽媽找到我這裡來了，可我什麼都沒講，你要怎麼報答我？

他很感激，說要不有天妳媽讓我出賣妳，我也替妳擋就是了。

這交易一點也不划算好嗎？我咕噥，就我媽那個自拍頻率，一天能更新狀態十次，她看我的facebook沒差，要我看她的才是慘絕人寰。

他發了一個賊眉賊眼的表情。

「不過阿姨聽起來真的很擔心。」我轉換語氣：「你這個新對象，要不要再想一想？」

他沉默一陣，說今晚出來吃飯吧！我把她帶出來，妳自己看。

我耐不住好奇心，答應了。

到了約好的餐廳，謹言和娃娃已經在座，還有幾個其他朋友。大家很快開始吃，我不著痕跡地觀察娃娃，沒覺得她有多麼配不上謹言，只覺得她本人比照片還要靈動，不知道是不是因為嬌小的緣故。

我坐在她對面，隔著距離看不清她的穿著，直到她伸長手倒茶，才注意到她穿著一件露腰的上衣，腰身小小一截，打了一個臍環。老實說我覺得滿好看，但我知道謹言的媽媽絕對會瘋掉。

娃娃看見我盯著她，笑著說：「妳在看我的馬甲線嗎？漂不漂亮？這可是我引以為傲的。」

她這麼得意洋洋地問，我只能點頭說是。

「不過我沒胸。」娃娃嘆了口氣，我忍不住笑了出來。

謹言夾了一塊白切雞放她碗裡：「別難過，吃胸補胸。」

甜點上來的時候，謹言接了一通電話，他很有禮貌，站起來到包廂的外面接，回座之後，娃娃偏著頭問，那是誰？

謹言回答，公司同事，男的，年紀可以做妳爸了。她嘿嘿嘿地笑，有點不好意思，像個惡作劇被抓到的孩子。

大家吃完飯，娃娃說她有工作要先走，謹言是抽菸的，於是我在餐廳門口看他吞雲吐霧。我們坐在外面的一張長凳上，他微笑問我，怎麼樣。

我想了想：「很可愛，很直接，不過……」

「好像也沒什麼出色的，對不對？」

我想到謹言以前的幾個女朋友，不見得同樣家世顯赫，但起碼都是優雅沉著成熟，坐如鐘站如松，有一份受到認可的工作，衣品一流。倒不是娃娃比較差，只是不一樣，可長輩絕對喜歡前者。

「妳上次爆粗口罵人，是什麼時候？」謹言突然問我，我愣了一下，無法回答。

「想不起來對不對？」

我點頭。

謹言笑了：「我是上個月，對象是一群加起來八百歲的老頭。」

說髒話還那麼刻骨銘心，也是相當奇妙。

他的爺爺上個月過世，享壽九十幾歲，這件事我記得，我還去鞠過躬。靈堂設在家裡，很多親友來致意，也不知道怎麼想的，有些人在這個場合居然向家屬開口，說老先生一生熱心公益，身後應該延續大愛，捐錢做公益為他積福，還說之前誰誰誰走了，捐了某個數字，他們家大業大，應該拿出更多。

我瞠目結舌，這不是來上香，這是來討債呀！

謹言很火大，但他輩分小，叔叔伯伯都維持風度，說這個提議很好，等事情辦完再想一想，於是自己也不好多說。當天晚上他和娃娃講了這件事，她反問，你現在這麼氣，那個時候為什麼不開罵？

謹言回答，這些都是一些遠房親戚，雖然不常來往，但也不好得罪，怕壞了長輩的名聲。

她一改往日的調皮，很嚴肅地對他說，我不覺得這有什麼影響，這種人敢來開這種口，就沒怎麼怕得罪人。

他試著解釋，說自己的世界不是那樣運作的，千絲萬縷的人際關係，不是想講什麼就能講。

娃娃伸出手，在他的頭上拍了拍：「你這樣，活得好累啊！」

謹言愣住了，可他沒說話。

過了幾天，有幾個年紀很大的親友來致意，又提到自己的孫輩裡有幾個孩子書念得還行，不如以爺爺的名義設立一個獎學金，資助他們留學。當時堂兄弟姊妹們站了兩排，乖乖九十度鞠躬回禮，伯父很禮貌地回覆會再考慮，謹言一時濁氣上湧，推開人群，指著那群長輩大罵：我操你媽，滾出去！

所有人都驚呆了，包括他自己。

「謹言！快道歉！」回過神來的爸爸大喝一聲。

他轉身就走，隱約聽到幾位老先生氣得發抖，連拐杖都握不穩，控訴他家教不嚴。

我有點遲疑：「所以娃娃特別的地方在於，她讓你隨心所欲爆粗口？」

說真的，相愛的理由千奇百怪，但這真的很難說服謹言的父母；我現在往他的腿中間踢一腳，也能有同樣的效果。

他笑了，說不是的，妳不懂。

其實我大概明白他想說什麼，現在的人其實都差不多，冷靜自持，不動聲色，吃虧是家常便飯，丟臉才是大事。分手是對風度的最大考驗，心裡內傷到出血，還要誠懇地說，大家還是朋友。

在大街上受傷，在小巷裡流血，失去愛人不是不要緊，但沒有大氣來得重要。

謹言的幾個前女友就是這種型，還沒在一起時從不主動找他，在一起之後不哭鬧不糾纏，到最後分開了，尚能微笑對他說，沒有誰不好，只是不適合。

他有次和我說，自己和前女友吵架，對方從頭到尾聲音都沒提高半度，冷冷地看著他，讓謹言想起朋友養的豹貓，優雅而有距離，老是面無表情地坐在高處鄙視眾生，就算不動，你也懷疑牠心裡是不是有把算盤，大概會在晚上慢條斯理地踱到床頭，趁睡覺的時候用貓爪悶死你。

她們是不是真的看得那麼開，謹言不知道，就算是裝出來的灑脫，他也不怪誰，畢竟這是個不能露怯的時代，人一自曝弱點，世界就會欺上來，讓當事人後悔現出原形。

人這樣，活得好累。

於是他嚮往混種小貓的淘氣幼稚，對著你的手一陣亂啃亂咬，但不真的傷害誰。喜歡就告訴對方，討厭也不怕知道，開門見山的吃醋，直截了當的想念；不會一吵架就覺得你不是對的人，沒聽過和好兩個字嗎？

「我想要有血有肉的，耐摔耐碰的關係。」謹言和我解釋，我點點頭表示理解，他很高興。

「今年娃娃生日，她老早就說自己想要什麼，那時候剛在一起，那個禮物有點貴，我覺得不太好。」他笑笑：「妳知道，男女關係在前三個月就會訂下相處模式，我不想把她寵壞。」

那天他帶娃娃去一家高級餐廳吃飯，但沒有帶禮物，心想她不開心是免不了，也抱著可能會吵架的心理準備。吃到一半，她問你要送什麼給我，謹言聳聳肩，表示什麼也沒有。

娃娃有點失望，不過瞬間笑了，說沒關係，那我送你吧！

說完從袋裡拿出一個包裝好的盒子，裡面是他提過一次喜歡的星際大戰周邊。

謹言很錯愕：「妳生日，怎麼反而送我禮物？」

她反問：「我想送，所以就送了，為什麼不可以？」

謹言頓時覺得自己是個混蛋，剛在一起就用小人之心揣度對方。

「真對不起，今天比較忙，沒時間去買禮物。」他的歉意是真的：「明天我一定補給妳。」

「這有什麼，不用啦！」娃娃擺擺手，要他別放在心上。

「不不不，一定要，太不好意思了。」謹言堅持，就在這個時候甜點上來了，是兩片蛋糕。

「好吧！既然這樣……」她把他的盤子端到自己面前：「這就當你送我的生日禮物，謝啦！」

謹言看著她喜孜孜地揮舞叉子：「妳……吃得下兩塊蛋糕嗎？」

「沒辦法，盛情難卻啊！」娃娃對他擠擠眼睛。

聽到這裡，連我都笑了。

「和她在一起，我覺得很自由，什麼都是合理的，都沒關係。」

「可是……你爸媽那裡怎麼辦？」我憂心忡忡地問他。

「誰知道，長期抗戰吧！」謹言揮舞著拳頭：「走著瞧。」

我應該要感動的，卻突然想到迪士尼。

那是我最喜歡的地方之一，用夢想打造的奇妙國度，裡面沒有成人，大家都是孩子，不需要條條框框，跌倒了再爬起來，拍拍膝蓋而已，沒什麼了不起。

你可以戴上莫名其妙的蠢帽子，我在粉紅色的絨毛背包前融化少女心；你看著海盜船表示年紀大了這個真的無法，我認為旋轉木馬只能和喜歡的人坐，然後緊緊牽著你的手不放。你讓我哭了，我惹你生氣，兩個人在雲霄飛車前大吵一架，走到摩天輪就和好如初。

你說吃熱狗加芥末才是正道，我看見色彩繽紛的棉花糖，眼睛閃爍，風吹過來，一絲一絲的甜融化在臉頰。

世界如果是一座廣大的遊樂園，那麼我想和你，闖一闖。

最可愛的虛榮

我因為工作的緣故，常常與精品同框出現，這只是工作的一部分，從來沒想過這會造成什麼負面影響，直到那天小五宣布，他交了一個新女朋友。

他喜悅地在群組裡約大家出來吃飯，慶祝小倆口的紀念日，並事先提醒我們，這個女孩子很單純務實，要我們別教壞她了。

大家可能都在忙，沒有細究他所謂「教壞」是什麼意思，不過有感於他明顯把我們當作千年老妖精，妮娜直接回覆「少囉嗦，不然到時候爆你的料，讓你分分鐘紀念日變忌念日」。

出來吃飯的時候，在座的誠哥因為準備結婚，討論到鑽戒，女生們熱烈地發表意見。才說了沒幾句，小五半開玩笑地捂住女友的耳朵。「喂喂喂！什麼鑽石珠寶，我們小琪很單純的，不像妳們這麼虛榮，東西都喜歡用名牌。」

他的新女友有點尷尬，反對也不是，同意也不妥，只能不好意思地笑笑。

大家都沒說什麼，我卻感到不舒服，可能是那句「虛榮」有點刺耳，我忍不住環顧同桌的幾個朋友。因為今天聚會，大家都打扮得光鮮亮麗，或許從外表上看起來，就是一般男生覺得「很難養」的那種人，但我知道她們都是有正當工作、努力拚搏的好女生。

妮娜的名牌包，是她生日的時候買來送給自己的；雯雯手上那支錶，她存了兩年才買到。昀蓁今年狠下心，拿著年終獎金買下看了很久的鑽石項鍊，她說是經典款，可以天天戴。

這樣的女生，每個人身邊都有很多，在不同領域奮鬥，綻放或大或小的光，可能不單純，或許有欲望，但並不見得是虛榮。

以前我約會過一個男生，剛出來幾次，他就試探性地問我一個月要花多少錢，我並不覺得那是應該透漏給初相識朋友的資訊，所以笑了笑沒回答，反問他怎麼了嗎？

只見他若有所失，喃喃說他覺得女生還是樸素一點好，氣質比打扮重要，像他媽媽一輩子沒有穿戴過名牌，也不美容做臉，照樣婚姻幸福，丈夫疼愛兒子孝順。我當時出於禮貌沒有反駁他，可我心裡想的是，每個人的工作性質不一樣，人生追求也不同，令堂在家相夫教子當然不需要任何配備，只要煮飯打掃就是好妻子好媽媽，現在大城市的女生怎能一樣，漂亮的外表在什麼場合都占便宜，出門搏殺豈能沒有幾件鎧甲或道具？

而且，花了你的錢嗎？

那天聚會後過了幾個月，小五打給我說最近和女友起衝突。女孩子從小環境不錯，養成了對生活的好品味，不幸爸爸在她大學的時候去世，剩下她與媽媽相依為命。瞬間的經濟落差，讓她不能適應，以至於後來與小五在一起，她常常要求男友買東西，從家具電器到餐具，有次小五要替自己換一套音響，女朋友陪著他逛了一下午，後來音響送去了她家。

小五鬱悶地問我：「雖然她不用名牌，可我總覺得……和當初想的不一樣。」

我花了很大力氣才能不幸災樂禍，但還是沒忍住揶揄：「是不是覺得人家也沒想像中的單純？」

他默認，嘆了一口氣。

付錢這種事，一個願打一個願挨，我不多做評論，可小五的女友身上沒有名牌，在我眼裡卻比不上有些背著精品包、腳踩名牌鞋的女生。

差別就在於，一個期待別人付帳，另一種要求自己買單。

很多人覺得對物質有欲望就是不可取的一種思想，勤儉持家才是美德，甚至為買買買貼上「敗家」的貶義。我從來不認為欲望有錯，重點在於用什麼方法滿足它。虛榮的反義詞是踏實，虛與實的差異，我認為在於是不是在自己能負擔的範圍內消費，妳花的錢是不是自己努力的成果。

如果是，那麼花錢不但不是虛榮，還是太值得肯定的自我獎勵。

很多人把這兩點弄混了。

其實名牌不過是一種商品，純粹屬於個人選擇，就像有人喜歡吃蔥有人不喜歡，是一種喜好的不同。喜歡漂亮包包鞋子的人，可能對吃不講究；有人不在乎穿，但就愛喝好一點的酒。對很多人來說，車子是代步用品，安全堅固最重要，也有人什麼都不在乎，這輩子唯一的希望就是存夠錢，買一部夢想中的夢幻超跑。

甲之熊掌，乙之砒霜，你可以說別人的價值觀與自己有差異，但不能貼上虛榮的標籤，甚至說他們不單純。花錢就是花錢，付在食物或是旅行上，難道就比買一個包或一雙鞋高級？這個世界並不小，大得足夠容得下人與人之間不同的喜好；事實上，就是因為有形形色色的人，人生才更有趣。

我反而覺得有所追求是再珍貴不過的心態，因為欲望是動力，追求精緻的，美好的事物是人性。有目標不是壞事，沒有人的夢想應該受到批評，只要肯為了得到去努力。一個對生活或自己毫無所求的人，大概也不會有任何進步，就拿最基本的維持體態來說，我關注很多健身部落客和名模，拿她們的身材來激勵自己，因為我想離完美更接近，就算是一點點也好。

無論是精神、物質、經驗，我都鼓勵身邊的人再「虛榮」一點，心裡有目標，才有振作的動力。只要不是每天作白日夢等別人奉上供品，買更貴的包、換更好的車、去更遠的城市、吃更精緻的美食都很好。不然每天辛苦奔波是為了什麼？難道是去公司交朋友嗎？

我喜歡朝著想要的東西拚命奔跑，擁著自己應得的獎品滿足嘆息，更喜歡看到別人成功，以他們自己的定義。

有個演員朋友曾和我聊到工作，他偷偷告訴我，除了真的喜歡演戲，還很享受粉絲追著他要簽名合照，更愛看到自己的名字出現在宣傳海報上。

我和他對看一眼，同時大笑。

為了看到更美的風景，才有意志力到更高的地方去；想要變得更好，是最可愛的虛榮。

相信愛情

除非寫作需要參考，平常我沒有看電視劇的習慣，不過我倒是很多朋友追劇。

電視劇和電影不一樣的地方很多，光是情節的節奏安排就不同。看電影除非提前離場，不然無論好看與否，都得在椅子上坐一個多小時，看導演把故事講完。可電視劇為了吸引觀眾，不得不絞盡腦汁安排各種跌宕起伏，戰勝你想轉臺的那隻手。

因此有時候，難免煽情誇張一點。

那天我朋友和我抱怨，某個劇的情節狂得沒邊，劇中人背叛劈腿懷孕墮胎，看得她氣不打一處來。

「編劇怎麼想的，這根本不貼近生活好嗎？」她翻著白眼。

「是不貼近生活——」我想了想：「因為現實只有更狗血。」

她睜大眼睛，不是很相信我的話。

我告訴她，我的一個女長輩，孫子孫女都有了，丈夫在七十高齡出軌，宣布遇到小他三十歲的真愛，回來跪在地上求她成全。她一開始當然震驚，但後來忍痛讓步，表示夫妻幾十年，她願意睜一隻眼閉一眼，不管這麼多。

說真的，年紀這麼大了何苦還折騰這一趟，講難聽點，辦離婚和死亡證明的時間，大概也不會差很多。但她丈夫不願意，一定要分手，才能和「這輩子最愛的女人」雙宿雙飛。

「我寧願他出櫃，也比出軌好。」阿姨恨恨不平，我陷入沉思，不知道哪個傷害比較小。

我另一個朋友，大學畢業後和初戀結婚，兩個人胼手胝足，創立了一個商業王國，她還生了兩個孩子，最辛苦的時候一邊育嬰一邊加班，最清閒的時候也得東奔西跑出差。

好不容易事業上軌道了，有次她和助理去一個平常很少去的地區探訪客戶，一下車，助理呆在原地，接著迅速拉著她往反方向走。

她丈二金剛摸不著頭腦，頻頻問怎麼回事，那個女孩低著頭不說話，只是緊緊捉住她的手，怎麼都不肯放鬆。

她一轉頭，還是看到小助理拚命不想讓她看到的情景：相戀結婚超過十幾年的先生，一隻手牽著一個陌生女子，另一隻手拉著的小男孩，一蹦一跳地喊著爸爸。

那個小男孩，長得和他一模一樣。

這麼多年來，他一直體貼入微，管接管送，是親友異口同聲的模範丈夫，上個星期結婚紀念日，他還深情款款地對她說，妳和當年一樣都沒變，永遠是我心中的女神。

當時她反應不過來，只能呆呆地看著那幸福的一家三口走遠，等她回過神，身邊的小助理終於鬆開她的手，蹲在地上號啕大哭。

後來她苦笑著和我們說，那一刻她覺得，這個跟了自己才兩年的小女生，都比她認識二十年的丈夫忠誠。

如果你覺得這還不夠慘，後面還有。

就在當天晚上，她發現她懷孕了，測驗後，孩子是她一直想要的女兒。

編劇敢這樣寫嗎？演出來不被觀眾罵死，可偏偏這都是真人真事。而且這種比扯鈴還扯的情節，我聽過的不只成筐成籮，見過的狗血都能畫出一幅清明上河圖。劇本再怎麼天馬行空，其實也就是人寫的，就像公眾人物不過只是血肉之軀，那些人性裡的黑暗與瑕疵，其實誰都逃不掉。

「我的媽啊！」那個抱怨電視劇情節誇張的朋友嘴都合不攏：「聽了這些故事，誰還相信愛情啊？」

我笑笑，話也不是這麼說。

我認識一個男生，他的女友天生嚴重皮膚過敏，尤其是一雙手脫皮紅腫，上面遍布皺紋，看遍醫生都沒用。到後來除了在家，或是在很熟的朋友面前，不然她出門總是戴著手套。我見過她掩蓋在布料下的十指，真的是到會嚇人的地步。

我朋友說，女友特別在意自己的手，一開始根本不願意和他交往，怕他會嫌棄，事實上她的幾個前任，最後都說受不了這個問題和她分開。他執意不相信，覺得不就是過敏，能有多可怕，直到她把手套脫掉，哭著說你看我才幾歲，一雙手像個老婆婆。

他笑了笑，將她慘不忍睹的手合在掌心。

女孩哭得更慘了，男孩緊緊把她擁在懷裡，一邊摸著她的頭髮，一邊說好了好了，沒事的。

我承認，在這個接過吻上過床結了婚都不算什麼的年代，承諾和約定的價值太小太少。那我們能相信什麼呢？拿什麼說服自己，這個人就是那個人。

答案是沒有，沒有什麼是絕對肯定的。

可是總有某件事，某句話，某個毫無預警的瞬間，讓妳心軟得不得不想，可能，或許，大概就是他。

就像我認識的那個男生，在女友自卑得抬不起頭來之際，緊緊握著她的手，笑著說，那我只好牽著妳，直到變成老爺爺，我們就一樣了。

誰知道呢？就算什麼都會變，但人總得心存僥倖；如果你和我都不放手，說不定走著走著，回頭看就是一輩子。

畢竟愛你，是滿世界的未知數裡，我最確定的事。

Breakfast

每天，你為了什麼樣的原因而起床？我認為，是為了追求更好的自己。

每個人的工作性質不一樣，人生追求也不同，我喜歡朝著想要的東西拚命奔跑，擁著自己應得的獎品滿足嘆息，更喜歡看到別人，以他們自身的定義，獲得心目中的成功。

有所追求，是再珍貴不過的心態，因為慾望是動力，追求精緻的、美好的事物是人性。沒有人的夢想應該受到批評，只要肯為了得到去努力。

為了看到更美的風景，才有意志力到更高的地方去；想要變得更好，是最可愛的虛榮。

#掃碼聽熙妍跟你說話

總有一天，妳會再為愛燃燒

這篇文章我躊躇了很久，一直寫不出來。

說故事是這樣的，分享自己的心情容易，描述別人的情節困難；我總覺得要向主角負責，生怕寫壞了，對不起他的喜歡。

首先名字就難倒我了，命名原來就不是我的強項，我以往故事裡的名字都借親朋好友的，或是瞄到幾個字拼在一起就用了。何況莎士比亞不是說過嗎？「一朵玫瑰，無論叫什麼名字，都一樣芬芳。」引用偉人語錄，可以遮掩自己的沒底氣。

最後決定把主角叫做暖暖，除了紀念她自拍愛用的濾鏡，還有她真的是一個充滿溫度的人。

雖然在感情裡赤誠，註定是要吃虧的。

1.

我認識暖暖有段時間了，她是個矛盾體，想得多、特別有靈氣，可也愛吃愛笑愛穿，願望小而俗，很多時候一頓好吃的就能滿足。

有時事故，又不缺天真，是最可愛的平衡。

暖暖很多人追，老說自己是外貿協會，前任個個都拿得出手。去年她說喜歡上一個人，我第一句話就是，發照片來看。

「先說好，妳不要罵我。」她很緊張。

「我幹麼罵妳，除非照片上的是我爸。」我回她。

她立刻發來一張照片，我看了啞口無言，照片上的男生長相非常普通，不時尚的髮型，戴著一副土爆了的眼鏡，都什麼年代了還穿著大logo T恤，顏色和褲子都不搭。

我痛心疾首，寧願她喜歡的是我爸。

「看起來好眼熟，我好像在電視上看過。」

「真的嗎！」她滿心歡喜：「哪個劇裡的明星？」

「動物星球頻道，《海龜的神奇歸巢本能》。」

「……妳還是罵我好了。」她心疼地抗議：「別這樣說他。」

我驚訝她的護短，這不像暖暖，她是那種追求者眾，可以百里挑一的女孩。

「妳到底喜歡他哪裡啊？」我問，這次不開玩笑，我是認真的好奇。

「他很有趣，和一般人不一樣。」她這樣回答。

這個男生叫做南佐，兩人不住在同個城市，是暖暖某次出差認識的。那天晚上朋友替她接風，大家都喝多了，要回酒店的時候，南佐與暖暖同方向，於是順理成章送她一程。到了樓下，她道謝後鑽出車子，搖搖晃晃地走在大堂，南佐在車上看，搖頭下來扶她。

「妳行不行啊？」他禮貌地問。

暖暖抬起手，正想比出ＯＫ的手勢，這時酒店櫃檯的工作人員跑出來，說她要續住的話押金得再付兩天。暖暖手忙腳亂在小包包裡翻，這才想起信用卡放在房間裡。

南佐扶著她的手臂，低頭看她一頓混找，忍不住掏出皮夾：「我來吧！」

「我……我上樓馬上還你！」暖暖非常尷尬。

「妳先上得了樓再說。」南佐一邊簽名一邊回答。

他帶舉步維艱的暖暖到電梯口，暖暖靠著牆，在電梯到達前不斷向對方道歉：「對不起，平常我真不是這樣……初次見面，我太丟臉了。」

沒想到他一本正經地說：「不要緊，再怎麼丟臉也沒我慘，付了錢還上不去。」

暖暖愣了一秒，不知道怎麼接。

「那你要上來嗎？」她傻乎乎地問，想想不妥，又加了一句：「睡沙發？」

她看著南佐考慮了一下，然後認真回答：「還是算了，我怕妳會撲倒我。」

暖暖轉述這段故事的時候，一邊說一邊笑，最後問：「妳說他是不是很好玩啊？」

「這世上能讓我接不了話的人，還真不多。」

我沉默抗議，木著一張臉對她。

她看我毫不動容，又告訴我一件事，展現她男神的妙語如珠。他們是有一個共同朋友的，那個女孩子今年去阿姆斯特丹旅行，發了一個狀態說，好想去紅燈區體驗一下啊！

南佐在底下留言：「出門就好好放鬆，別再記掛著工作了。」

我終於忍不住，哈哈大笑。

「是吧是吧！他好有趣對不對？」她看我終於有點認同，比撿到金子還開心。

不過就是機靈嗎？我想，暖暖自己是個反應快又機智的人，出人意表的語錄多得是，怎麼這就被驚豔到了。

後來我才明白，那是因為她在戀愛，而戀愛中的人會變笨，顯得對方特別風趣聰明有才華。

第二天，暖暖約南佐出來，說要還錢，順便請他吃飯。週日的陽光有點太過燦爛，讓宿醉的她眼睛睜不開，點餐後他將兩顆解酒藥放在桌上，示意她吃。

「這樣比較不傷身。」

暖暖傻不愣登地，乖乖把膠囊吞下去，換作是別人她才沒那麼聽話，吃之前再怎麼也會俏皮兩句，說我媽媽講過，不能亂吃陌生人給的東西。

南佐滿意地點點頭，兩人開始閒聊，暖暖仔細想了很久，企圖將問題包裝得不那麼刻意。她假裝漫不經心，問他沒有女朋友嗎？週末怎麼不用陪她。

南佐笑了：「我沒有女朋友。」

頭痛的暖暖無法解釋自己突然的精神一振，只能想，這解酒藥真有效。

2.

總而言之，自從那天起，暖暖對南佐另眼相看，我見她的機會也少了很多，幾次約她出來，她都說人在南佐的城市。

「他有沒有感動得痛哭流涕？」我揶揄暖暖。

「沒有。」她沉默一會兒才回答：「我和他說，自己是公司派去出差的。」

我傻了，原本以為兩人感情發展神速，所以她才把飛機當地鐵搭。

「我不想給他壓力。」她怯怯地說下去：「我是不是很笨？」

「那妳幹麼還去？」我衝口而出，這才發現發問的自己更笨。

因為她喜歡他啊！

於是暖暖一有假就飛過去，自費機票和住宿，只為了在南佐身邊待幾天，看他什麼時候可以見面。她怕心上人為難，不敢煞有其事，於是在出發的前幾天，才在對話中順帶一提，說對啦我過兩天要出差去你那裡，有空吃個飯吧！

南佐有時得空，有時不，暖暖的時間也不多，往往自己在酒店待上三五天，只能見對方一兩次。好在她的期待不高，對方給她一顆糖，她就能樂半天。

有次她又去了，美其名過去開會，南佐打趣她，說妳上司很重視妳啊！老派妳來出差。

暖暖有點心虛，又有點心酸，只能說是啊是啊！

南佐接著說，那以後妳負責賺錢養家，我負責貌美如花吧！

暖暖懵了，一瞬間什麼都沒聽見，「以後」那兩個字在她心裡被放得好大，像夜晚的霓虹燈，在遙遠的地平線那端閃閃發光。

她忘記了那些忍住不能買的衣服和保養品，因為每隔幾週就得花錢去見南佐一面，還有那些獨自佇立酒店窗邊看夜景的晚上，因為南佐早就安排了應酬。她還受當地的朋友取笑，說她最近不知道發什麼瘋，放著溫暖的南方不待，老往冷得要命的北方跑。

她只聽見自己回答，哈哈哈那就看我的啦！

我曾對暖暖說過，妳這樣不行的，談戀愛要懂得賣乖。不是要妳像把算盤，把付出的都明碼標價，但敲鑼打鼓也不能少，不可以明明都為了對方嘔心瀝血，還雲淡風輕。太懂事太含蓄只會造成一個結果，就是對方因為舒服輕鬆，而以為一切都是理所當然，水到渠成。

又不是演電視劇，世界上哪有那麼多順心的巧合；會在轉角相遇，是因為我在那裡等。

但暖暖不敢，她怕表現得太認真，會把南佐嚇跑，到時候連朋友都做不了。

我很心疼，可我自己也是這種寧可死挺也不討巧賣好的人，於是不再勸她。

3.

其實南佐也喜歡暖暖的，這不是一個單戀的故事，真的不是。

有次她又飛去，那天他有空，於是帶暖暖出去吃飯，兩個人多喝了一點清酒，晚上南佐沒有走。回來後她像個小女孩，忙不迭告訴我這件事。

「不要和我分享細節。」我惡狠狠地警告她：「我一點都不想知道。」

「我有那麼三八嗎？」她沒好氣。

那晚睡覺前，暖暖有點尷尬，南佐看出來了，笑著說：「妳別怕，我有辦法。」

他拿起枕頭，豎在兩個人中間，暖暖傻了，心想我只是有少女的嬌羞，不是要蓋護城河好嗎！

好像梁山伯與祝英臺，她嘀咕。

南佐瞥了一眼她不算發達的胸：「是有點像。」

晚上睡到一半，暖暖醒了，兩個人中間的枕頭山不知道什麼時候崩塌，滾到地上，她發現自己的手被南佐牽住，十指緊扣。

暖暖記得他說過自己是非常容易失眠的人，挑床挑枕頭挑被子，身邊有人還會睡不好，於是她很輕很慢地將自己的手抽走，怕固定一個姿勢太久，他的手會麻。

沒想到南佐還是發現了，他睡得迷迷糊糊，卻一把將暖暖的手抓緊，再一個翻身，將她攬進臂彎。

暖暖心跳得很快，不過接下來什麼都沒發生，她的脖子很快發痠，相信南佐的手臂更慘，於是她又試圖滾走，但他又毫無商量地把她拉回去。

從頭到尾南佐都沒有醒，但暖暖卻睜著眼睛不能成眠。

他不是肌肉男，胸口不算好躺，但不知道為什麼，暖暖告訴自己，就這樣吧！以後就在這裡安歇，只希望天永遠不要亮。

和我預期的不同，那個晚上完全沒有任何肉搏情節，可暖暖和我覆述這段的時候，眼睛閃閃發光，讓我覺得當時發生的，比我想像得多的多。

從此之後我不再取笑她，除了捨不得，我還喜歡看她興匆匆和我分享細節的樣子，有時候是一段對話，有時候是一張截圖。有次暖暖拿不定主意哪件衣服好，發了照片給南佐看，他回答妳穿都美，可第二件不准穿，太暴露了。

雖然我還是堅持，從外表上看來，只有人鬼殊途能形容他們倆，但和我談論心上人的暖暖，像是捧著寶物盒的小孩；裡面收藏的東西匪夷所思，對不懂的人就是一堆破爛，可透過愛的眼睛望過去，那些可都是千金不換的寶貝，不是隨便誰都夠資格探頭看一看。

暖暖之前常被我笑是出人出力的賠錢貨，但一個能讓自己珍而重之的人，大概比算得出來的物品更有價值。

4.

原本以為他們會這樣慢慢發展，最後正式開始異地戀，可我猜錯了。

情人節快到了的前幾天，南佐問暖暖，要不要訂花或是送什麼給她。暖暖開心得不行，說不用啦！心意到了就好，你賺錢也不容易，不用送我禮物了。

說這句話的時候，暖暖不是客氣或做作，她是真心的。

沒想到過了一整天，南佐都沒有再回覆，暖暖覺得奇怪，終於發了訊息過去，問他怎麼了。

「難道是因為我拒絕他，所以他生氣了嗎？」她問我。

「誰會這麼幼稚啊！」我安慰她，忍不住感嘆。

乘載了太多心意的人，才會如此小心翼翼為細節忐忑。

第二天南佐終於回覆了，只有一句話：「對不起，我們還是做朋友吧！」

暖暖發呆，但她還能冷靜地問：「怎麼了，為什麼突然這樣說？」

南佐告訴她，一年多前他有個女朋友，後來因為家裡反對分手了。之後兩個人沒什麼聯繫，但各自都沒有再交新對象。他其實知道和前任已經沒有可能，可自己就是還喜歡她。

「是我不好，不是妳的問題。」南佐很為難，也很努力解釋：「妳和我說不需要送花和禮物的時候，我就覺得妳實在太好了，所以我更不能耽誤妳。」

暖暖不是不經世事的少女，明白這話藉口的成分很高；她自己也用同款方法拒絕過別人，一般內疚，也一樣認真。

她鼓起餘勇，在手機上一字一句艱辛地打出：「哈哈哈沒關係啦！感情不能勉強，做朋友還比較長久。」

按了發送鍵，暖暖沒有再等南佐回覆，但她也沒有放下電話；那是兩人之間僅剩的維繫，她捨不得放棄它。

暖暖緊握著手機，蹲在地下哭得全身發抖。

她回想起第二次見南佐的場景，兩個人坐在一張小桌子吃早午餐，頭痛欲裂的她想方設法，企圖打聽南佐的感情狀況。

那時候她就錯了，她不該問你有沒有女朋友，她該問的是，你有喜歡的人嗎？

原來他有，原來不是她。

5.

暖暖約我的時候，只說她失戀了，但沒告訴我細節。我一路上焦急如焚，心想等到聽她哭訴之後，一定要怒罵南佐替她洩恨。

可我沒想到的是，她一句都沒有埋怨他。

暖暖告訴我許多南佐可愛有趣的地方，起碼在她眼中顯得可愛有趣。她說有次坐在他的副駕駛座，注意到車子的後照鏡上掛著一個髒兮兮的破娃娃，彷彿曾經是小狗，又有點像兔子。她忍不住問那是什麼，南佐有點不好意思，說他沒有兄弟姊妹，小時候父母忙，常常要加班，於是這個絨毛布偶就是他唯一的玩伴，去哪都要帶著走。

「小時候我媽好幾次逗我說要丟掉它，我立刻放聲大哭，誰碰它一下都不肯。」南佐神情認真，卻像個孩子，暖暖要非常努力，才能忍住想戳他臉的手指。

「妳知道嗎？我多羨慕那個娃娃。」她這樣告訴我：「我知道這樣很沒志氣，可我好想變得小小的，可以掛在車上、放進口袋，每天待在他身邊，要是他和女生打情罵俏，我就偷偷咬他一口。」

我很想說別擔心，就妳心上人那副尊容，想不開的人還真不多。可我沒有吐槽她，我哭了。

「妳這是鬼娃恰吉啊！」眼淚不斷從眼睛裡冒出來，我想用餐巾紙擦，卻手忙腳亂。服務生端著湯不敢靠近，在他看起來，失戀的人應該是我。

「妳別哭。」她拍拍我的肩膀：「我快樂過的，真的。那陣子我渾身是勁，妳知道我最討厭坐飛機了，可每次往他的方向去，我到機場的時候，早得櫃檯都空無一人。他隨便和我說句暖心一點的話，我都截圖下來，心情不好就拿出來看，能傻笑好久。」

「妳看。」暖暖把手機遞過來，上面有一張照片，因為光線很暗，像素有點模糊，但看得出來是一雙十指緊扣的手，輕輕放在白色的床單上。

「所以妳不要同情我，也別覺得他渣。」她低下視線，然後抬起頭：「我愛過笑過，以後也會再燃燒的。」

我想到暖暖在不熟悉的城市裡獨自闖蕩，只為了填補心上人零碎的時間，我想到她拚命想各式各樣的藉口，讓去探望他的理由豐富一點。我想到有時候低落鬱悶的暖暖喝多了，卻不敢讓南佐知道自己那麼在乎，只好用開玩笑的口氣說，約飯的朋友太多，不小心就多喝了幾杯。

直到最後，她都不忍心為難愛人，不想在他身上多加一絲內疚，明明為了對方上天入地，還硬撐著不賣一個好。

我不同情妳，但我祝福妳。

希望下個人，喜歡妳和妳喜歡他一樣多，不需要卑微地變成破舊的小布偶，也能被貼身收藏，貼心收藏。

祝妳的天就算亮了，也有能永遠棲息的胸膛。

愛是一種投資

天氣總算降溫了，生活在南邊的人大概比較無感，我北方的朋友們都在抱怨，從盛夏一轉眼就入冬，秋天只露了兩個星期的臉，就不知道消失到哪兒去了。

前幾天一位男性友人發了一個狀態，大意是說溫度越來越冷，馬上要冬天了，身邊的朋友加油吧！遲鈍如我，乍看還以為他是要儲存脂肪過冬，於是留言說你現在剛剛好啊！不需要。

朋友很快回覆，他發了笑著哭的表情：「姊姊，妳怎麼老想著吃，我的意思是趕快交個女朋友啊！聖誕節跟新年就要到了。」

我很羞愧，但不能怪我，這是一個長期控制體重的人，可悲的條件反射。

是的，明明和一群朋友在日不落的夏日裡飲酒作樂才是不久前的事，現在就步入適合兩人相擁取暖的季節了。我雖然怕冷，但很喜歡下雪天，尤其是那種清冷無人的街道，可以躲在愛人的大衣裡，共用一條大圍巾，或是縮在路口小咖啡店，同喝一杯熱飲的天氣。

是的，重點不是冷，是有分享寒風的人，沒有比冬天更讓人深刻體會孤單感的季節了。

去年的這個時候我人在北京，整個年底都縮在灰濛濛的天空底下，外面一望無際的蒼白不是雪就是霾；窗簾根本是多餘的，就算脫光，十公尺外的人也不知道您哪位。這種天氣，多看一眼窗外都會得憂鬱症。

氣氛低迷的不只是我，那時候身邊朋友們的感嘆也變多，尤其是單身的群體，加班生病堵車心情不好都能發條狀態，一個比一個慘，網上話淒涼。

我總覺得這樣的人，不是真的缺對象。

為什麼呢？因為大部分這種討拍的狀態，其實危機的迫切度只需要按一個讚或是一句溫情就可以解除，真正想要人陪伴的話，有時間公告天下還不如單獨和有可能性的對象私聊。

我和全世界說這麼多幹麼？快去找個男／女朋友才是正經事啊！

感嘆沒有伴的人是為了抒發心情，他們比誰都知道有對象的好，問題是，沒有人或事是完美的，他們願不願意接受有對象的缺點。

是的，感情上歸屬一個人，是有壞處的。

去哪要報備，見到異性要眼觀鼻鼻觀心，重新排列時間優先順序，隨心所欲的生活被打亂，自己乾淨整潔的小窩被外來物品侵占……再走下去，還可能要和對方的親友相處，討好原本毫不相干甚至莫名其妙的陌生人。

這個世代是最好的也是最壞的，好的是我們懂得更多，更精明世故，奮力維持生活品質，絲毫不願將就。而壞也壞在，人知道越多就越不容易滿足，於是變得挑剔狡猾，差一點點的都不肯要。

我曾和朋友討論，說現在大家認識人的管道變多，人卻沒有更精采，每個人都聰明得體小心得差不多，也有著一模一樣的冷淡謹慎算計。

「所以妳說怎麼找對象呢？」朋友很無奈：「包括我自己，都不是不能取代的。」無知就是幸福，大概就是現在人回不去的境界，我們都只想取自己喜歡的那一瓢飲，但天底下哪有那麼好的事；任何人際關係都是套餐，難免拼上一些你食之無味的部分。像我那個朋友，冬天快來了才感嘆沒有女朋友，恕我問一句，夏天的時候你幹什麼去了？

別說男女朋友，就算是普通朋友、閨密、同事，甚至家人，都不是平常收在櫃子裡，天氣冷了才拿出來暖被窩的工具。

有對象，就得花精神顧，而且最弔詭的是，這個需要顧的時間點，往往都是你最煩最累最想一個人靜靜的時候。誰不希望有個呼之則來揮之即去的神奇寶貝精靈仙女？但現實是，大部分的時候，那個人不請自來流連忘返。

那些在我社交版面上振臂高呼想終結單身的朋友，平常都忙得風生水起，我高度懷疑就算神給了一個配得上他們標準的夢幻伴侶，他們也乏於時間和其相處。我總覺得這樣的人單身不是因為找不到，是因為太聰明；他們知道有對象要付出的代價，因此只敢在某個時刻感嘆一下，然後又各忙各的去了。

我有個每次身體不舒服就哀號單身人之命苦的朋友，生病就抱怨自己還得獨自去看醫生。我有次問她如果有男友又能怎麼辦？她立刻回答，他可以載我去啊！

「萬一他住得離妳很遠，或是要下了班才能趕到，路上再堵個車，妳還不如自己叫車來得快。」我很沒情趣地指出事實。

「那他可以說話安慰我啊！」她振振有詞：「生病的人身心脆弱，嚶嚶嚶也要有人聽嘛！」

「他大概除了要妳多休息喝水，只能說寶貝妳好可憐，這樣有幫助嗎？」

朋友語塞，幾乎要翻臉：「那照妳這樣說，都不要交男女朋友了，統統出家為僧為尼，求佛祖保佑，反正誰都不能幫到誰。」

我哈哈大笑。

不是的，不是不能期待有人冬天取暖生病送藥，而是我們要知道，任何關係都不只是索取。想要有人共度節日，那麼一年剩下的另外三百天也得付出，軟弱的時刻被照顧了，下次他無助難過之際，你也不能手扠腰閒著。

大家有的煩惱都大同小異，我們都是凡人，也只能做那麼多。

某一時節或時刻的脆弱，是一種稍縱即逝的感覺，真實而長遠的是感情，需要經營和配合。你真的煩死了，可沒我你怎麼辦呢？我覺得你好囉嗦，但算了，只要你高興。其實，只要不是做人太失敗，大起大落的時候找人救急還是做得到的，難得的是有人陪你在一成不變的生活裡不溫不火。他曾見過你最暢快的那一刻，也經歷過你最低迷的時分，可在不得意風光也不需人憐惜的細碎日子，你們互相磨合，發展出無人能及的默契。

這才是千人一式的時代裡，珍貴的不可替代性，想要得到與眾不同的感情，你和對方平時就得投資。愛是在塵世中打滾爬跌，扶持彼此的灰頭土臉。

願你看清它的本質，還心甘情願互相加冕。

泰式緩慢

因為父親工作的緣故，我小時候在泰國待過一段時期。夏天是工廠出貨最忙的大月，爸爸無法回家，於是幾乎每年暑假我都在清邁度過。

如今泰國各處都是旅行勝地，但幾十年前的泰北還沒現在那麼發達，遊客比較少，是一個非常悠閒的地方，沒什麼娛樂設施，我們姊弟能逛的只有寺廟和一些當地人去的市集，週末才有機會去熱鬧的曼谷玩。不過這點並不減少我對清邁的熱愛，我常騎著大象在一望無際的樹林裡漫步，可能因為競爭不激烈，那時候的象夫比後來的溫柔，我記憶中幾乎沒有他們拿著尖棍把大象戳得皮破血流的畫面。

走得累了，我們會停在河邊看著壯麗的象群喝水洗澡，從象鼻噴出來的水金光閃爍，在太陽下形成忽隱忽現的彩虹；小時候覺得這不過是日常，長大之後我才明白，那樣的美景與悠閒像人生一閃而逝的快樂，瞬間而難得。

儘管現在好吃好玩的都在曼谷與華欣，可我依然懷念那段日子與那只有一點五平方公里的古城。

泰國人是很有趣的民族，與許多東南亞國家一樣，個性溫和友善，我雖然有很多機會去，卻沒學到多少泰文，除了一些常用的問候語，還記得的就是爸爸教我的ໂລເຍັນ ໆ，發音類似「宅煙煙」，意思是「慢慢來」。我爸沒什麼語言天分，這句卻說得很標準，因為工人們動作很慢，每次到了出貨期，眼看生產線跟不上，他在廠裡急得跳腳，工頭卻一點也不慌張，總是笑咪咪地用泰語回他：「Boss，ໂລເຍັນ ໆ，ໂລເຍັນ ໆ。」

這大概是我爸最不想聽見的一句泰語，我們總笑得東倒西歪。

後來我到其他東南亞地區，發現生活步調也很類似，這樣的風土人情與中華文化不相同，相較於其他亞洲大城市裡的搏殺爭鬥，泰國無異是一股清流。

原本以為見識這種生活步調，只是爸爸讓我培養世界觀的一部分，沒想到後來卻令我在戀愛中大加分。

讀研究所的時候我交了一個男朋友，熱戀期計畫出國旅行，那是兩人第一次連續多天二十四小時待在一起。

大家都知道情侶殺手之一就是旅行，任何一點小事都是引發爭吵的契機，但還是決心要跨出第一步。當時他的說法是，如果有不合的地方，早點知道也好，早分手還能做朋友，我居然也覺得合理。

我們可說是抱著背水一戰的心情去的。

選的地方是蘇美島，為了浪漫，還特別遠離塵囂，訂了一間位在島北邊的度假村，因為出入不便，男友決定租車。

我明白車之於男人，就像包之於女人一般重要，異性永遠不會瞭解，也沒有話語權，所以對車型沒什麼意見，不過當他選了一臺手排無頂的陳舊吉普車，我終於忍不住開口了。

「你會開手排車嗎？」

「會啊！很容易的。」他自信滿滿：「來熱帶島嶼就是要開這種車才夠野性，抬頭就能看見滿天繁星，多浪漫。」

我心想只不過是來個海島，又不是拍《侏儸紀公園》，要什麼野性，何況電影裡人家的車可是有頂的。但戀愛本能啟動，我識趣地閉上嘴。

一上車，換檔就不太順，男友神情有點不安，但努力解釋是車的問題，和他的技術沒關係，我乖巧地點點頭，表示必須絕對當然是如此。

我們一簸一顛向島的北邊開去，那時候是晚上十一點，出了鬧區就毫無人煙，連路燈都相隔一百公尺才有一盞，昏黃而無力地盡著有限的責任。我有種不好的預感，可不斷自我安慰，說不可能這麼倒楣。

結果就有那麼衰。

那臺車十分舊，大約也不太好駕馭，儘管繫上安全帶，我還是每三十秒就虎軀一震，感覺像是被遠程高速砲擊中，剛吃完沒多久的晚餐在喉嚨蓄勢待發，隨時都可以噴出去。彷彿這樣還不夠難受，開到路程的一半，車子終於頹然放棄，在路中央拋錨。

此時男友還不認輸，打開引擎蓋研究了半天，過了半個小時才承認自己無論如何都無法奈何它分毫。

我同情原本想展現男人味卻不成功的他，於是拍拍他的肩，安慰地說：「沒關係，我們就坐在這裡等別的車經過，現在還可以抬頭看星星……」

話才剛說完，傾盆大雨當頭落下，十秒內將毫無遮蔽物的我們淋成落湯雞。

我同情原本想展現同理心，現在想掐死男友的自己。

他想打電話到酒店卻無人接聽，那輛車連兩個方向燈都失靈，我們只好翻出三角警示牌放在車後，瑟縮在路邊的樹下躲雨，等路過的車搭救，可過了一個多小時，連隻路過的鳥都沒有。

時間接近晚上十二點，我又累又冷，任何初次旅行的戀人想分手，大概沒有比這個更好的時機。

就在此時，不知道從哪裡鑽出來一個泰國男人，手上悠閒地揮舞著一片很大的香蕉葉，獨自在雨中漫步。

我們第一個反應不是狂喜而是驚恐，以為自己大半夜見鬼。

「妳看見我看見的嗎？」男友抓住我的手臂。

「有影子……是人？」我帶著抖音回答他，不知道是冷還是怕。

男友上前揮手，那位泰國男見到我們也沒有訝異的樣子，他不會英文，於是和我們比手畫腳，我們給他看了酒店的名字，焦急地表示希望他能幫我們回去。

也不知道聽懂了沒有，他比著ＯＫ的手勢，隨即慢條斯理地繼續揮著香蕉葉，一轉身消失在樹叢裡。

「他往哪兒去啊？」男友問我，我探頭往他離開的地方看，下面是一片懸崖，絲毫沒有落足點。

又過了一個小時，他才施施然出現，帶回了三片大香蕉葉。

我目瞪口呆，男友也傻了，問他找到幫手沒有，對方也不說話，只是沉默地擺弄手上的葉子。

「人呢？車呢？」男友瀕臨抓狂邊緣，瘦小的泰國男終於抬起頭，笑咪咪地將香蕉葉折成的帽子，替我們戴在頭上。

那時候還沒有旅行青蛙這個ＡＰＰ，可現在想起來，我們真像三隻遊戲裡的呱。

我們三個人就這樣，頭頂著綠色的尖帽子坐在車裡，男友握著已經沒電的手機，身邊是累得東倒西歪的我，後座有個怡然自得的陌生人，低聲哼著沒人聽得懂的泰文歌。

男友忍不住，站起來像泰山一樣大吼，終於為這臺車增加了他保證過的野性。

我和泰國人嚇得從位子上彈起來。

「現在到底是什麼狀況！還要等多久？你找到人沒有！」男友一把將頭上的葉子帽扯下來，怒氣衝衝地質問後座的新朋友。

「ใจเย็น ๆ，ใจเย็น ๆ。」從後座伸過來的手，拍著男友的肩。

「我！不！抽！菸！」他大暴怒，我卻愣住了，在沒有防備之下聽到這句最熟悉的泰語，我的理智神經終於也斷線，崩潰大笑。

心理學的書上都說過，當一個人或一件事太過不可思議，是會帶來反常行為的。

我笑得幾乎岔氣：「他說……慢慢來……」

就在這個時候，我們聽見嘟嘟的引擎聲，一臺我畢生見過最小的摩托車出現在地平線那端。

後座的泰國男人對我們笑，伸手指了指天空，無數繁星映入眼簾。

就在我們沒察覺的時候，雨停了。

新朋友慢吞吞地爬下車，與車上的男人揮手，兩人交談了幾句，他回頭指了指我們。救兵拿出兩頂安全帽，示意男友與我上車。離開前，我們拚命想塞錢給那位陪我們耗了大半夜的泰國男人，他卻怎麼都不願意收。

我只好看著他消失在樹林裡的背影，不斷大聲用泰語喊，謝謝！

男友堅持不能讓我坐在中間，於是只好自己上，後來他承認，他想過那天晚上會被我緊抱，但沒想過他還得摟著一個陌生男人。

那個晚上當然並不浪漫，可我卻在男友眼中大大加分，因為他覺得一般女生在當時的情況下早就大發脾氣，而我不但沒有怨言，最後還笑了，和他想像的大小姐不一樣。

其實他不知道，是那句「宅煙煙」讓我想到以前工廠裡的工頭，笑嘻嘻安慰著同樣暴怒的爸爸，所以才氣不起來。

朋友們總說，我是個很好說話的人，平常不容易火大，發怒的點很高。

我當然也有煩躁的時候，但不知道是不是因為小時候在泰國生活過的原因，每當沒耐心之際，我都會想到那個揮舞著香蕉葉的泰國男人。

ใจเย็น ๆ，急也沒有用。

還有，絕對不要開手排車。

Chapter Lunch

我曾是翻譯官1

最近有部電視劇叫做《親愛的翻譯官》，播出之後，很多人知道我曾是口譯員，紛紛表示對這個行業很好奇。其實「官」這個稱呼是誇張了，除非是在外交部或是政府部門工作。我曾做過很多年的會議口譯，可以負責任地告訴各位，這是一個薪水很高，成就感很強，但非常燒腦的職業。

因為，我人生中最大的挫折感之一，就來自於決定投身口譯的那一刻。

1.

我大學學的是是語言學，讀完後被雙親勒令回臺灣發展，當時覺得學歷不夠，於是想讀師大翻譯研究所口譯組，選擇口譯單純因為懶得打字。我不符合僑生資格，必須參加考試；以前讀書是申請制度，分數夠了就行，不需要再考試，這是我首度以單次成績定生死。

當時家人都覺得，不就是翻譯嗎，有什麼難的？我記得我爸還說：「妳中英文都行，隨便考考也能上。」為了謹慎一點，我還是上網搜了上一屆的考題，當時中譯英有兩段，其中一段是：

陶淵明當了八十多天的彭澤縣令即掛冠求去，後人大半只記得他在「歸去來兮辭」裡所眷戀的田園風光，實則他在序中所說的更清楚：「飢凍雖切，違已交病。嘗從人事，皆口腹自役。於是悵然慷慨，深愧平生之志。」所以，生平之志不能伸展，大概才是陶淵明棄官退隱的真正原因。（以下省略兩百字）

我：「……爸，我要去補習。」

每天密集往南陽街報到之後，我抱著荊軻刺秦王的決心趕考，當時臺北有兩間翻譯研究所，另一間是輔仁大學，離我比較遠，路程來回要兩小時，我毫不考慮就放棄，當然對我爸要說都報名了。

輔仁大學先公布結果，我爸興匆匆地去查榜，結果當然是失望，他還勉強安慰我：「沒關係，還有一間師大。」

我唯唯諾諾，心想沒去考還能上榜就真是活見鬼了。

後來師大放榜，我順利考上，他非常開心，但從此覺得輔仁一定比師大好，因為前者不收我。

真是對不起師大的各位師長。

那個暑假我過得非常愉快，整個人超級放鬆，還出國去旅行，剛開學就缺了兩天課。當時我不知道，這是創所以來前所未有的行為，更不知道的是，以後等待我的，是水深火熱的七百天。

2.

首先，譯研所必須在兩年內修完接近七十個學分，等於每天都要上四到六小時的課，下課後還需要找搭檔練習，教授的說法是，上多少時間的課，練習就要多少時間。大部分的同學都在開學第一天就找好了練習搭檔，缺課的我當然落單，因此只能自己練習。我心想問題應該不大，還竊喜這樣更好，回家也能練習，於是下課後立刻跳上公車，在太陽西下前悠哉回家。就這樣過了一個學期，期末的時候有個口試，我的成績慘不忍睹。

當時的教授看著我，笑笑說：「如果口譯不適合，妳還是去做模特兒好了。」

我的臉上，像是被呼了火辣辣的一巴掌。

可事實擺在眼前，不由得我不服氣。會議口譯的題目包羅萬象，從科技金融環保到文學政治生活，參加會議的講者與聽眾都是該領域的內行人，口譯員往往是最外行的，卻要扮演兩方的橋梁，明白內容，熟悉行話。理解原文並翻譯完整是基礎功夫，教授要求的是語氣和緩，用詞優美，我許多同學聽見「Thank you for those kind words, I feel rather do dounting」，硬是能不疾不徐的對著麥克風說出「感謝您的溢美之詞，小弟深感惶恐」。

身邊同學水準之高，讓我看起來聽起來都像個傻瓜，讀書以來一直受到誇獎的我，狠狠地跌了一跤。

第二個學期，我找到了搭檔，開始了乖乖練習到天黑才回家的生涯。一年級升二年級的時候，班上人數從十二人變為八人，有的自動放棄，有的不給予升級資格。每次上完課都令人自信全失，第二天重振旗鼓再來。我們很少被誇獎，因為教授只有磨練人的時間，沒摸頭的工夫。

有一次口試考壞了，我很頹喪地和教授說：「我已經很努力了……」

教授挑著眉毛，很詫異地回答：「這世界是看表現好壞，不是看努力多寡的。」

我曾一度想退學，偷偷去報考一間做遊戲的公司，雖然高薪錄取了，但想了一想，又咬著牙回去讀。那個時候總想著，讀完就好了，可以出市場，可以參加實戰，不再只是不斷聽著各國總統或名人的演講，每天充滿翻譯與錄音、懊悔和挫敗。

3.

等學分修完之後，我連論文都沒有寫，就開始進市場做口譯。當時家裡對於我放棄論文非常不同意，我很難讓他們理解，我真的是讀得累了，想趕快開始賺錢，讓自己覺得有用一點。

可是身為一隻很弱的菜鳥，只有一些實習的經驗，前面還有很多厲害的前輩，包括我的教授們，我一開始根本接不到案子。於是我到處郵寄履歷，最後因為教授介紹，開始替一些小規模的會議做口譯。口譯分為同步和逐步，同步口譯是兩人一組在一個小口譯間裡對著麥克風猛講，聽眾戴著耳機，翻譯與講者的聲音同步進行，兩位口譯員約二十分鐘輪替。逐步口譯就是翻譯者坐在講者附近，講者先對麥克風猛講一段時間，然後讓翻譯者根據龍飛鳳舞的筆記開口，通常一位翻譯就可以。還有一種是跟在指定的某人旁邊，悄聲翻譯給他一個人聽。

我擅長同步口譯，大概是因為腦容量小，把聽到的內容瞬間丟出去，負擔就能比較少。但這種方式得靠臨場反應和語言靈活度，錯誤無法修飾，因此最明顯。

記得曾經做過一場環境保護的會議，事先和夥伴做好功課，資料準備了一大堆，正襟危坐準備開始的時候，發現上臺的講者和資料照片上的不一樣；PPT打出來時我們更傻了，題目也和我們拿到的不相同。這時候已經沒有慌亂的時間，只能把準備好的資料往旁邊一甩，整場靠聽力與原始知識，結果那場應該做得不怎麼樣，因為好幾位聽眾的表情都非常疑惑，大概心裡在想：我是誰？這是哪？他在說啥？

口音也是一件麻煩事，我個人最怕遇到德國口音與印度口音重的講者，大學時期的微積分教授就是印裔，我們都偷偷稱呼他為安眠藥，因為他一開口，明明精神奕奕的同學就能瞬間睡成一片。想當然耳，當時我的微積分成績很差，也因此沒進我爸心心念念的商學院。

不過現在想起來，也可能只是單純地因為我蠢。

教授和我們說過一個口音的笑話，他是我心中的經貿界口譯之神，長期擔任APEC的同步口譯。那種場面相當浩大，來自各區域的代表都有自己的口譯員，一種語言一個口譯間，在聽眾席上一字排開。講者一上臺，所有同步口譯就忙著將他的語言翻譯出來。有一位日籍講者以英文發表演說，其中不斷提到「哇哇哇」與「哇哇兔」，讓教授有如墜入五里霧中。他向搭檔示意，但對方也無奈攤手，最後只好傳紙條去日本譯者的房間請教。

幾分鐘後，紙條傳回來了，上面只有兩個字：「WWI」、「WWII」。

4.

以我自己來說，遇到政商名流或各級長官也挺頭痛的。還在學校的時候，教授就警告我們要做足功課，必須對講者的口音、說話風格與習慣有充分瞭解。許多大人物因為媒體記者在，往往講到一半就會脫稿，話鋒一轉突然提及最近的新聞、個人的隱私，或是任何他想聊的事。所以做口譯不只是得瞭解會議的題目，還要預測講者會對最近那些事件有興趣。

我曾經為一個大企業的老闆做口譯，他的發言大致是這樣：「今天謝謝大家來參加，我看現場很多人，你們很閃喔！（指新聞記者的攝影機）好啦！大家都說我……那個……其實很簡單嘛！就沒有的事情，反正都交給司法，我和那個誰就是尊重……」

那個是哪個啊？什麼很簡單啊！沒有哪件事？那個誰又是誰！

幸好我早上看了新聞，知道他說的是最近捲入的一件訴訟案，他表示清白，一切交給司法，並與財務長同樣尊重審判結果。

不過讓我最尷尬的，大概屬於某次的逐步口譯，那是一場私人會議，我的客戶與對方代表意見不合，雙方態度充滿著一觸即發的火藥味，我很努力將自己抽離，眼觀鼻鼻觀心地做好翻譯，終於客戶一拍桌子，面紅耳赤地大聲咆哮：「他╳的！你不是東西！╳╳╳，合約上寫得清清楚楚，你現在敢╳╳╳說沒提？」

我慌了一下，這些詞彙平常並不出現於我的用語裡，只好略去不提：「It was stated VERY clearly in the contract, how could you claim it to be unmentioned?」

因為我不溫不火的翻譯，對方自然也無動於衷，於是我的客戶更生氣，把聲音又提高了幾個分貝：「他是不是知道我罵他？妳有沒有翻出來？給我翻！照我講的翻，一個字都不能漏掉！我說他╳╳╳不是東西！」

以前上課教授說，翻譯的時候要用第一人稱才會有直接感，秉持著客戶最大的態度，我猶豫了一下，很努力地擠出翻譯：「I said…I mean he said that…that…you're a…」（我說……我的意思是他說……你是……）

我夾在兩個加起來大概有一百三十歲的先生中間，旁邊還有兩家公司帶來的無數職員，所有人都盯著我看，可我擠不出話來，汗如雨下。

「Did he say something disrespectful about my mother?」對方終於恍然大悟。（他是不是對我媽說了不尊重的話？）

「Yes, please just act upset.」我連忙請求他。（是的，拜託擺個生氣臉就好了。）

在還沒停止的咆哮聲中，對方向我無奈地笑笑，表示不會讓我為難，接下來很配合地做出憤怒的表情。

客戶終於滿意了。

5.

投入市場的第一年，我能接到的案子很少，根本入不敷出，於是到翻譯字幕的公司接節目去做。區區三十分鐘的節目就要做很久，因為每行字幕的字數有限制，得想辦法將每句譯文縮短成十四個字，特殊名詞還要做成表格註明出處。工作很瑣碎，薪水很低廉，常常做到眼花腰痠背痛。那一年我過得很黑暗，看不到未來，很多時候都很慌。娛樂也減少，長時間關在小房間裡打字。

一年多之後工作才上軌道，後來慢慢有了自己的客戶，包括許多世界知名的企業與品牌，部長、市長以及名人學者。差不多四年後，有次在一個資策會的國際研討會上被某電視臺的總經理看見。據他說，他那天來參加會議，覺得我的口條不錯，重點是很努力，休息時間也不吃飯，拚命在一旁作筆記。我當然不是他見過最好的口譯員，但他覺得認真這點滿難得，於是來和我遞名片，我是這樣出道的。

回想做口譯的日子，感覺好像昨天，又好像已經很遙遠。

二〇一六年四月，是師大翻譯研究所滿二十週年的日子，學弟發信給我，邀請各位學長姊錄一段祝賀影片，要註明入學年次還有現在的職業。我挺不好意思的，還和同學們討論，總覺得現在的領域和當初計畫的相差甚遠，好像有點不倫不類。但學弟說沒關係，「教授特別表示全都歡迎」。

影片剪輯完畢後，我尊敬的老師發了信給我致謝，還說在電視上看到我，都很為我開心。點開影片，裡面有許多認得與不認得的學長姊與學弟妹，也有同班同學。有的人還在做翻譯，有的人投身新聞界，有人成為全職家庭主婦，也有人像我一樣，做著完全無關的工作。

可是，我們都笑得很開心。

畢竟，我人生中最大的成就感之一，就來自於決定投身口譯的那一刻。

人生路上滿是轉角，隨時要見招拆招；遇到的人、碰到的機緣都會改變我們的航道，很少人能直直走到最後。

但這不代表我們當初沒誠意，或是後來不努力。我覺得最酷的人是，邁步朝向別人不能瞭解的方向，微笑但不解釋；秉持住自己珍而重知的價值，並堅決守護它。

我曾是翻譯官2

〈我曾是翻譯官〉這篇文章，在發表後獲得一些迴響，許多曾做過同步口譯或是正往那方向前進的人紛紛留言，說心有戚戚焉。還有好些人雖然從事不同行業，但表示也能感受為了夢想而努力的心情。因為大家的追求，其實是一樣的。

1.

我進演藝圈前，做了好幾年的同步口譯與逐步口譯員，對這個工作又愛又恨。一開始嚮往自由的工作時間，覺得不用朝九晚五真是太理想，等到真正投入市場，才發現根本不是那回事；或許該說，不完全是那回事。

時間分配是真的彈性，而工作量卻絲毫不少。

進入市場的時候，教授告訴我們要以半天或全天來收費，半天約是五小時左右，扣掉午餐時間，全天差不多八小時，據說現在也有很多人是以每小時來計費的。雖然打完就能收工，看起來工時少又輕鬆，但事前需要非常多準備的工夫，所以真正花在一場會議的時間，其實不比上班族少。自由業者上班時間雖然彈性，可休息時間也不固定，甲方往往覺得我們都是二十四小時待命的；我曾經凌晨兩點還在等待客戶傳PPT過來，望眼欲穿的心情有如王寶釵苦守寒窯，然而幾小時後就要開會了。

說到準備資料，也是兩道辛酸淚。

同步口譯給人一種非常專業的印象，因此難免遇到一些客戶，抱著「你本來就應該什麼都會」的心態，把我們當人肉翻譯機，不知道是真的忘記還是故意拖延，總之就是扣著講者的PPT不給。有時催得緊了，甲方還會說：「你們收費這麼貴，還要資料？」好像提供素材就是便宜了翻譯。殊不知就算有了PPT或講稿，口譯員也不是照著念就可以。我常常遇見脫稿的來賓，甚至會議開始前一分鐘才被通知換講者，準備的素材瞬間變成廢紙，也沒地方論理去。所有的資料都是參考，翻譯要好還是得靠真功夫的，多一分準備，就能確保多一分的好表現。

遇到這樣的客戶，我的搭檔都會淡淡地回答：「您是要當場考我們，還是要我們做好一場會議？」

通常甲方一聽，都會悻悻然提供資料。

2.

做翻譯和科學、數學不同，無論是口譯或筆譯，都是沒有正確答案的，同樣的一個名詞，往往有好幾個不同翻譯，這行的靈活度與爭議性也在這裡。

既然沒有標準，最害怕的就是遇到自以為比你懂的人。

我曾有次做同步口譯，正在小房間裡燒腦，與講者奮鬥，口譯間突然傳來一陣敲門聲。搭檔將門開了一個小縫，悄聲說了幾句話就關上，我口沫橫飛之餘，向他投以疑問的眼光，搭檔搖搖頭表示沒事，於是我繼續翻下去。沒想到過了一陣子，敲門聲又響起，他再度開門，又有點惱怒地將門關上。

搭檔是處女座，泰山崩於前不動聲色，能讓他生氣實在不容易；換手之後，我終於明白是怎麼回事。

敲門聲三度響起，這次輪到我開門，一位聽眾以非常嚴肅的表情站在門邊。

「請問有事嗎？」

他憤憤不平地回答：「我剛剛就和你們說了，nerd不能翻譯成書呆子，不完全對，比較貼近潮流的翻譯是宅，結果你們還是這樣翻。」

我瞬間石化，只能點點頭。「好，謝謝。」然後把門關上。

搭檔面有怒色，示意我不要再開門。

口譯間對著講臺的那一面，通常是一面大玻璃，方便譯者看見講者，我們顯然惹惱了那位先生；因為玻璃下方居然探出半個腦袋，像退潮後露出的石塊。

「叩！」暗礁伸手輕叩玻璃，試圖引起我們的注意。

搭檔皺起眉，歪著脖子想看見講者，我伸手示意這位聽眾走開，然而對方不死心，繼續往玻璃上敲。

「叩！」、「叩叩！」

我們選擇忽視，但其他聽眾已經開始側目，最後這位先生終於忍不住，隨即聽見好大「咚」的一聲。一張紙端端正正地被貼在我們正前方的玻璃上，上面用紅筆，大寫粗體加驚嘆號寫著：「NERD＝宅≠書呆子！」

我張大嘴，被如此鍥而不捨的精神震撼了。

此時搭檔展現絕對的專業，翻譯依然優美流暢，聲線照常不疾不徐，可手上的筆已經被雙手扭成奇怪的角度，大概如同他的理智神經，隨時就要斷裂。

我衝出包廂，找到工作人員，請他們將這位聽眾請出去。

教授曾告誡我們，這行是靠聲音吃飯的，麥克風傳出去的翻譯要充滿自信，冷靜平穩，心裡再慌亂也不能顯露出來。那天收工之後，我稱讚搭檔的表現有如天鵝划水，他將手提電腦塞給我，高舉穿著西裝的手臂，得意地在街上轉了一圈。

3.

會議口譯的內容雖然包羅萬象，但其實做口譯到後期，最好能發展出自己的強項；也就是說，如果在某領域有強大的專業知識與經驗，成為該產業翻譯的不二人選，那麼職業生涯會較為輕鬆。

這個道理有點像開餐廳，一家店如果包山包海什麼都賣，不但成本高，廚師也比較辛苦；倘若專精於某種料理或是幾樣菜色，看起來菜單上的品項雖然少，但卻提高專業度。這會大大提升自己的不可替代性，備料的成本與工夫也能省許多。

我有同學本來是建築系的，因此專攻建築業的會議，如魚得水。也有同學對金融特別有興趣，所以總是做投資說明會跟與財經有關的案子，現在已是該領域的金牌口譯員。

我的客戶多半來自科技業或是政府機構，也有許多藝文活動，可是我不太喜歡。和個人喜好大相逕庭的是，雖然我愛好文學與藝術，但是這兩個領域往往非常抽象，中文又是語法結構比較鬆散的語言，有時候來一句沒頭沒腦的話，還得兼顧翻譯的優美性與感染力，難度立刻拔高。

科技業與部門長官就不同了，雖然專業術語多，可內容多半有很清楚的邏輯，不像藝文活動，感覺像拿著網捕彩虹，我在鏡花水月中狼狽撲跌，卻總與意境情懷擦身而過。

好幾位科技品牌的客戶曾開玩笑說，他們愛僱用我，是因為我的性別。

「妳明白在一堆西裝老頭與宅男之間，一朵花的重要性嗎？」主辦單位痛心疾首地說：「只要是女的就多加十分！」

我傻笑著，心裡五味雜陳，贏在這種地方真是一點也不開心。

所謂母豬賽貂蟬，大概就是這個意思。

4.

讀研究所的時候，教授講究的是翻譯的好壞，可出了社會，我才意識到客戶的滿意度才是關鍵。不同客戶要求的表現往往不同，有時候明明自己感覺翻譯得還可以，現場氣氛卻一片死寂，客戶多半會失望。而明明幾次好些地方說得不知所云，聽眾卻反應熱烈，最後也是被稱讚得莫名其妙。

有年臺北詩歌節，我擔任翻譯與主持，活動為期好幾天，工作內容包括開幕典禮、閉幕典禮，與各大小講座的主持跟逐步翻譯。身兼兩職不太輕鬆，我往往是一個場合講話最多的人，一天下來嗓子都啞了。

記得有場表演，兩名現代男女舞者上臺，一位全身黑，一位全身白，一邊念著詩，一邊舞動身體，內容如下：

我該做什麼？／我在鯨魚肚子裡生下小孩／我還沒有出生／卻已愛過

我該做什麼？／你還沒有把我畫好／我依然沒有眼睛

畫像中的女人哭泣著／那個還沒有在深海裡出生的女人／哭泣她的嬰兒和她一起哭泣／在我打開眼睛看你之前我的淚已落下

（我真的還沒有出生，對吧？／正因為如此我持續地思念你）

今晚那個身體／從未反映過陽光的女人／用灌木的草圖把自己遮起來／甩開她的溼髮／沒有樹葉的森林和她一起哭泣／某個地方傳來深雪的回音　想念你　想念你

啊　我該做什麼？／我還沒有出生／我的眼睛還沒有被揉好

【她，約拿／詩人金惠順】

臺上的舞者不停旋轉跳躍，口中重複唸著：「甩開她的溼髮……甩開她的溼髮……我該做什麼？我該做什麼？」

臺下的觀眾如癡如醉，眼中充滿星星，我站在側邊的講臺後面，臉上擺出廣受好評的商業微笑，看起來優雅又胸有成竹。

其實當下我的腦袋有如雷擊，各式各樣的想法雜亂無章，大腦有如被捅了一下的馬蜂窩：「這……這是什麼意思啊……在鯨魚肚子裡出生……是不是孕婦溺水被吃掉啦？大家好像都很懂的樣子……怎麼只有我不明白……這要怎麼翻……鎮定！鎮定！現在回母星還來得及嗎？」

我站在一群深受感動的人群中，有如流落異鄉的浦島太郎，他們以充滿期待的眼神看過來，我卻絲毫無法將接收到的訊息融會貫通。

已經沒時間思考寓意了，我決定直譯，雖然內心七上八下，但翻到「我該做什麼」的時候，我保證是真心真意的。

欲哭無淚挨到收工，我一邊收拾東西，一邊想著以後大概要失去這個客戶了，沒想到策展人鴻鴻老師快步跑過來，很開心地說：「這幾天辛苦妳了，做得很好！大家都好喜歡妳，這是我們要送妳的禮物。」

說著，他把一臉懵呆的我拉到攤位前，遞過來一本厚厚的詩選，上面有好幾個詩人的簽名。「有空多讀一讀，詩是很美的，妳也這麼覺得吧！」

我發愣，看著老師真誠的笑臉，心裡非常慚愧，手裡捧著的詩集，頓時有如千斤般重。

我很想對老師大喊：「您太看得起我了！我就是個粗人！」

可是我不敢。

回家路上，我坐錯站好幾次，心裡一直在想，世界上了不起的人真多，而自己還有無窮無盡的東西要學。

那天睡前我發了一張照片，是以前去峇里島拍的，天空中有個孤獨的、黑色的海盜船風箏。

同學立刻發來一個訊息。「今天又胡言亂語啦？」

「嗯。」

5.

就這樣，我做了好幾年口譯，有同步口譯，有逐步口譯，有隨行口譯，也有中英主持。這個別人看起來英姿颼颼的行業，其實常常收工後都是一條蟲，連晚上要吃什麼都要想好久。

「等等要吃什麼？」搭檔問我。

「……欸？」一分鐘後，我轉過頭。「你剛剛說什麼？」

「我……」他愣了一下，努力地想。「我說了什麼？」

我們像兩隻身體被掏空的鹹魚，飄蕩在晚風中，彷彿氣流再大一點，就隨時會被吹走。做完一個會議，常常深陷於「我為什麼要那樣翻？應該這樣翻的！我好蠢我好蠢我好蠢！又丟臉了！我就是個白痴」這樣的悔恨中，午夜夢迴都會搥胸而起。

而且，很多前輩告訴我，這個行業對頭髮有明顯的威脅，比酸雨還厲害；如果這世界上有什麼比禿頭的男人更可怕，那就是禿頭的女人。

為什麼還要做口譯呢？

寫完上一篇〈我曾是翻譯官〉之後，我與以前的好同學聊天，他與我分享了口譯圈最新的消息，又更新一堆抱怨。總有好的事吧！我問他，他想了想，和我說他之前做了Ben Bernanke的翻譯，那是柏南奇首度來臺演講。

「那場是你做的！」我驚呼。「超厲害超厲害超厲害！」

「還好啦！」他很開心，但一如既往的謙虛。「很多人不知道他是誰，而且酬勞和別場一樣，也沒有拿比較多，哈哈哈！」

瞬間我有點明白了。

有時候我們拚命奔跑，努力追趕，並不是奢求全世界都懂，或是證明給不相干的人看。

我們之所以執意往前，是因為相信彩虹不只七個顏色，在圓弧形的那端，一定還有更耀眼的寶藏，而我要去看看。

因為大家的追求，其實是一樣的，就算那Bling bling的瞬間，只有自己明白。

一意孤行是一種牛脾氣，可最後閃閃發光的，都是曾經逆風的傻瓜。

不哭不鬧沒糖吃

這幾天為經紀人暖壽，吃飯的時候她回憶這幾年相處，笑著說我是她帶過最輕鬆的藝人，助理與化妝師在旁邊頻頻點頭。我說還好吧！大家都差不多啊！她搖搖頭，問我記不記得有年在廣州看牙的事。

我這才想起來，那次半夜突然牙疼，偏偏醫院都休息了，我吃了止痛藥但毫無作用，整晚痛得睡不著。我請客房服務送了一桶冰塊來，咬著冰鎮定神經，才稍稍能閉眼休息一會兒。但冰塊一下就化了，於是我每幾分鐘就得醒來再拿一塊，就這樣折騰到早上，我一整晚沒睡，查到一家很早開的牙科醫院，自己叫計程車去急診，在長板凳上等了兩個小時。手術的時候不能打麻醉，因為臉會腫，當天下午還要工作。

等我拿了藥回酒店，剛好遇見從容吃完早餐的經紀人和助理，她們見我清早從外面回來，一臉驚訝，聽完我的經歷更是不可置信。

「妳怎麼不和我們說！」她驚慌失措。「我們以為妳在房間睡覺！」

「半夜搞得大家不能睡幹麼？不如我自己處理，妳們還能休息。」我聳聳肩。

經紀人笑著承認，她當時剛開始帶我，很怕千金大小姐難對付，那是她對我改觀的一刻。

「我很想知道，妳家怎麼教的，會出妳這種人。」

其實我從小就是個老成的孩子，現在想起來，似乎沒做過小孩。

我的家教非常嚴格，爺爺是黃埔軍校畢業生，後來當了團長，數十年軍旅生涯。奶奶是湖南師範學院畢業的老師，對治家和教育很有原則，這個傳統延續到爸爸身上，打從我有記憶開始，生活就充滿規矩與處罰；吃飯睡覺站坐走都有一定的規定，說話應對更是諸多要求。在我們家，禮貌與教養是最重要的，遇事不能慌張，喜怒不形於色，因為一亂就顯得小家子氣。我記得小時候吃飯，家人會在我身後故意製造聲響，看我會不會回頭張望，要是轉過頭就會被罵，因為無謂的好奇心最不可取。

我爸掛在嘴上的幾句話是：「自己做的事自己承擔」、「不要給別人添麻煩」、「多為別人著想」。這些處世原則對我的性格塑造有很大的影響。

記得約五、六歲的時候和家人去湖邊玩，我為了看清楚水裡的魚，一不小心跌進湖裡。當時還不會游泳，幸好千鈞一髮之際抓住垂在水面的楊柳枝，一時之間才沒淹死。我載浮載沉了一會兒，心裡倒不是多害怕，而是想著爸爸說過不能慌張，不准大呼小叫，那該怎麼呼救呢？

想半天沒結果，可我的手漸漸沒力了，人越來越往下沉。

就在這個時候，一個比我小一點的男孩出現在湖邊，他看著水裡的魚，很開心地回頭喊：「爸爸你看！這裡有好多魚！」

然後他看見在水裡只剩一個頭的我，呆住了。

「爸爸！水裡還有一個姊姊！」

我記得很清楚，那男孩的爸爸先是大聲回應「你在亂說什麼」，然後皺著眉出現。

我在水裡和他點頭打招呼，他嚇得退後三步。

「叔叔不好意思，我掉下來了，可以拉我上去嗎？」

他手忙腳亂地將我救上來，我渾身溼透，離開前還記得向那對父子鞠了一個躬。

我連忙跑回湖的另一邊，爸媽發現我渾身溼透，氣得問我幹什麼去了，我怕被罵，於是只說玩水弄溼了衣服，幾天後才敢說其實那天掉到湖裡了。我爸第二天就送我去學游泳，因為「這樣就不需要等別人來救」。

所以我的成長過程，其實和大部分人想像的奢華放肆不一樣，把家世背景拿掉，也就是一個嚴格的普通家庭。雖然有幫忙做家務的人，但我從小就知道那是幫奶奶與媽媽忙的，自己的事得自己做。出門旅行也要自己搬行李，拿不動就不准帶。有次吃自助餐拿食物，我盤子裡的東西太多，爸爸規定要全部吃完才能走，於是我坐在位子上吃了兩小時，直到清空所有食物，而且還不准委屈不准哭，因為「眼淚不能解決任何事」。

所以我很少流淚，不是能忍，而是我不懂得怎麼哭。

後來弟弟出生，因為小我很多歲，加上爸爸疼愛，我的責任變得更大，更要堅強，要照顧弟弟，為他做榜樣。據說小時候我弟很愛給我抱，但他很重，抱一抱我手痠了，他開始往下滑，眼看腳就要碰到地上，弟弟一哭，我又奮力將他往上拉。至今我爸仍津津樂道這件兒時趣事，覺得我是最好的姊姊。長大之後，我得負責弟弟的功課，生活，戀愛，交友狀況。出國讀書後常常只我倆在家，除了幫忙家務的人，他的一切都是我在處理。

這養成了我不依靠別人的性格，不抱怨，堅強甚至逞強。我一直以為這是常態，大家都是這樣，後來才發現不是。出道之後更明顯，藝人身邊都有許多工作人員，但我不習慣別人幫我做事，有次出外景，收工的時候我幫攝影師抬機器，當時只覺得幕後工作人員最辛苦，多一把手收拾更有效率，大家就能早點休息，結果那位攝影師當場差點跪了，說天啊拜託妳把機器放下！那年我生日，他寫了卡片送我，上面說他工作那麼多年，我是唯一幫他收過機器的藝人。

我一直覺得家庭教育對於人格養成有很大的關係，但它不完全取決於家世背景，而是以父母的三觀為主。就算是經濟條件普通的環境，如果長輩抱著寵溺的態度，一樣會教出小公主。我被要求要乖要懂事，要知所進退，顧全大局，零用錢不夠就去打工，注意力不夠就更努力表現。甚至連長大後談戀愛也是如此，我不懂得撒嬌，轉過身才哭，不知道如何開口要求對方更喜歡自己一點。

是的，這樣的人會得到稱讚，因為相處愉快舒服，識大體有風度，可每當我看見那些在愛人和家人前面退化成孩子的女生，還是會有點羨慕。無論討的是紅包還是口紅，得到的是鮮花還是禮物，我從來都沒有要求過。

我明白不哭不鬧的人沒糖吃，不懂示弱就得不到，成長戀愛工作上的遊戲規則都是如此。但我回不去了，我只知道想吃什麼得自己找。

有時候我也會猶豫，不想老是告訴你們要堅強，因為有時候連我自己都不知道，過於獨立到底是好還是壞，付出的代價是不是太高？

之前我爸動了一個小手術，我在北京一時趕不回去，只能在手術前後和他視訊，確認他一切平安。第二天趕回臺北已經很晚了，我那天特別累，但他堅持再晚也要等我去探望他。我媽說你讓她休息吧！你又沒事，手術那麼小，不如早點睡覺，明天早上再讓她來也一樣。

但我爸固執地不說話，於是我說好，我下機馬上來看你。

到了病房，敲門沒人應，我輕輕把門推開，只見我爸在裡面的臥室，正躺在病床上悠閒地看報紙，電視低聲播著晚間新聞，我媽在一邊切水果往他手裡遞。

我拖著行李進去，輕聲喚爸爸，他一看到我，立刻把報紙丟下，水果也不要了，慌忙歪過去，霎那間有氣無力地倒在枕頭上。

「爸爸你覺得怎麼樣？」我握著他的手問。

他不說話，戲劇化地顫抖著嘴唇，眼裡泛著淚，伸出另一隻手要去解開病人袍上的腰帶。

我丈二金剛摸不著頭腦：「你幹麼？」

我媽在旁邊忍住笑：「他要給妳看傷口呢！」

我連忙阻止：「爸，這就不用了！」

他可憐兮兮地看著我，像個孩子一樣抱怨：「醫生用好利的刀……這麼長……好痛……」

我在他臉上親了一下：「這麼可憐啊！」

他癟著嘴委屈點頭，接著和我絮絮叨叨詳述手術過程，其實我在電話裡已經聽過很多遍了。

這時候看護走進來：「你今天精神很好喔！紅光滿面！這是你女兒？哇，看不出你女兒都這麼大了，你一個病人氣色比她還好！」

我媽終於忍不住，放聲大笑。

放我回家之前，我爸特別叮囑我：「我開刀不要告訴妳弟弟，他工作忙，別讓他擔心。」

我想到自己那天已經工作十幾個小時，前幾天還在新書簽名會上簽到中暑嘔吐，今年基本沒休息過，第二天還要早起開工，但我笑笑點頭：「嗯，我知道。」

值得的，都值得。

堅強不只為自己，還是為了讓自己愛的人有所依靠。

只是我希望你知道，強大是自我進化的能力，可軟弱也有珍貴的地方，因為它是別人賦予的特權。

給那些一樣不哭不鬧沒糖吃的人，願世界見證你的逞強，佩服你的氣度，但有雙眼睛能看穿你的懂事，心疼你的苦撐；明白你不是不需要，只是不知道怎麼說。

然後與你同一陣線，遞上一些甜，摸摸你的頭，讓你走得更遠。

在平凡中閃亮

常常聽很多人抱怨，對自己的生活不滿意，每天兩點一線，從家到公司，週末和朋友聚會就算大節目，日子一成不變，嚮往說走就走的不羈。

有個朋友就是過著這樣的生活。大學畢業後他收拾了一個和腰一樣高的背包，開始全世界流浪，錢花完了就四處打工，洗碗殺魚割菜剪草翻譯都做過，存夠費用就上路，加頁的護照上滿滿都是各種形狀顏色的海關印章。

他的攝影技術很好，instagram非常精彩，身影偶爾會在照片裡出現，不過最多是側面或剪影。衣衫襤褸掩蓋不住一身的瀟灑，自由放肆地從螢幕滿溢出來。

其實這樣的人現在也很多，但他最難得的是家人的理解。東方文化的父母很少能接受兒子居無定所、沒有穩固收入。在子女身上投資越多心血，越期待他們出人頭地，最好平步青雲，扶搖直上。我也有個弟弟，我爸從小就耳提面命，要他繼承家業，大月的時候弟弟忙得焦頭爛額，早上傳訊息給他，往往天黑才收到回覆。

有次我問他如果不做工廠，他想幹麼，弟弟從一堆帳目和成本中抬起頭，一臉茫然地反問，啥？

我也沒體驗過那種隨時在路上的生活，坦白說，因為我慫，出門太久會想家，害怕沒有固定收入。就算常常出差，還是希望有個地方，可以接在「回」這個字後面。

很累的時候，我會瀏覽那些風景，也不是多羨慕，就是感覺比較接近，雖然身體在充滿灰塵的地上爬，可知道這個世界有人過得那麼隨心所欲，好像自己有一雙暫時的翅膀，用力就能飛起來一樣。

他這樣過了好幾年，朋友們都習慣他這種沒有永久地址的生活方式，直到有天網站不再更新。我和他姊很熟，有次聊天問起，才知道他前陣子決定結束流浪，現在與父母一起住。

「想不到吧！我弟居然變成一個朝九晚八的上班族。」她的表情比我更不可置信：「西裝筆挺人模狗樣，妳絕對認不出來。」

「要結婚了嗎？」我問。

朋友大笑，說是就好了，前陣子她爸爸小中風，醫生囑咐要多休息。家裡的生意沒人管，她又要在家裡帶小孩，只好向弟弟求救，把他從某個世界角落拘回來。他沒時間慢慢學習，只能每天加班，惡補以前沒興趣也不懂的知識與經驗。

他的網站上不再更新，照片停在回家的那一天，像是與所有的自由告別。

過了大半年，我在朋友女兒慶生會上見到她弟弟，頭髮剪得很短，穿著乾淨的白襯衫，默默站在餐廳的一角，低頭瀏覽手機上的郵件和訊息。

看見我的時候，他微笑打招呼：「好嗎？」

我點點頭：「還可以，你呢？」

他正想回答，手機突然響了，他向我打了個手勢，隨即到餐廳門口講電話。回來之後，他連連表示不好意思。

「沒關係，工作重要。」

「是啊。」他苦笑：「真沒想到事這麼多。」

「習慣嗎？」我問。

他一時之間不知道怎麼回答，最後終於開口：「怎麼說呢……還在適應中。」

我拍拍他的肩，表示理解。

「我很喜歡你的攝影作品，忙得昏天黑地的時候，那些照片是我的寄託。」我想聊點輕鬆的：「我覺得你真的很勇敢，滿世界闖蕩，不是誰都做得到。」

他想了想，突然很認真地告訴我：「妳知道嗎？以前我也覺得自己一身是膽，不願和平凡妥協，可現在過著截然不同的日子，才覺得這樣的活法，不見得就是苟且。」

「怎麼說？」我表示好奇。

「生活是很磨人的。」他抓著頭：「盡不完的責任，不斷重複的細節，我每天起床都要先深呼吸，在外奔波一天所需的勇氣，不見得比橫跨沙漠來得少。」

「那時候大家都說佩服我，現在想想，其實自由和放肆，再容易不過。」

我偏著頭思考，點點頭：「是啊，人都喜歡新鮮，要抗拒懶惰，往目標堅持，根本就是反人性。」

他猛點頭：「就是這個意思。」

他告訴我，那天接到姊姊的電話，他嚇得魂飛魄散，身上的錢還不夠買直飛機票回家，只能先借用姊姊的信用卡。飛機降落後他直奔醫院，大半年不見的父親躺在床上，頭髮比記憶中白得多，不知道為什麼，身形也像洩了氣的皮球，小了一號。

見到兒子，老爸還掙扎著坐起來，笑著問：「怎麼樣，極光好看嗎？」

他鼻子一酸，當場就哭了，跪在病床前，不斷對爸爸喃喃重複，對不起……對不起……

他爸爸嚇了一跳，急得要下來扶他：「哎哎這是幹什麼呢！都是他們亂說，爸爸好得很，還能撐，你愛怎麼過就怎麼過，別擔心我……」

他哭得更厲害，破爛的背包倒在身旁，眼淚滴在上面，形成一幅深深淺淺的水墨畫。

我們都想要過特別的生活。

可很多人不知道，與眾不同是要付出代價的，只不過，承擔它的或許不是你。快意恩仇的人生，其實有時候靠的不過是一股衝動。

然而自律自控，不見得更輕鬆。

在大部分看似平淡無奇的日子裡，其實包含著更多需要鼓起勇氣的時刻，堅持運動保持體態，犧牲假期陪伴家人，忍住欲望計畫未來，這都不是閃閃發光的事，可真的試過才知道，不容易。

我看著現在手提牛皮公事包的他，雖然過著和以前完全不同的生活，照很多人的定義，大概就是變成了一隻籠中鳥，可我卻覺得，他的翅膀還在。

它的主人並沒有停止冒險，只是換了一種方式，選擇用羽翼互助自己愛的人。

給每一個與庸碌生活奮戰，卻不平凡的我和你。

黑色幽默

我常覺得，如果笑點可以分高低級，那最難得的是黑色幽默。

把黑色幽默詮釋得最好的，大概是喜劇大師卓別林，他擅長演社會低層的角色，無論是流浪漢或是工人，甚至被納粹主義壓制的被迫害者，他都能以演技替普羅大眾說出生活中苦難又滑稽的心聲。

雖然最後被封爵，但卓別林早年的人生是非常困苦的，小時候父母分居，他跟著母親生活，但沒幾年媽媽的嗓子突然失聲，無法表演謀生之下，他被送進倫敦的貧童習藝所，再被丟進孤兒學校。後來父親酗酒去世，母親患精神病入院。他在孤兒學校待了七年，直到超過可被收容的年紀，成了一名流浪兒。

他送過報紙、賣過玩具、當過雜貨店小夥計、擔任醫生的傭人、吹玻璃的工人等等，還在遊藝場掃過地。是這樣悲苦的人生，讓他的喜劇再怎麼詼諧，都透露出一點悲哀。

我一直認為，這是卓別林作品為什麼好看的原因；從頭大笑到尾的故事容易忘，壓抑到極點的作品又太鬱悶，苦樂並存更深刻，因為悲喜劇才是真實人生。

那種非常巧妙的滑稽感，難詮釋更難理解，卻是人生的不可或缺。

而我們為什麼需要黑色幽默呢？

二〇一七年春天的時候，爸爸離開了，兄弟四人，他是那輩裡第一個走的。生病後期，大家看著應該是不行了，醫生把我們叫到一邊，建議我們「做些準備」。

大家知道那個意思不是指心理的。

每個人都要分頭處理很多事，我負責聯絡殯葬業者，那是一個很大的集團，電話接通後，傳來一段溫柔鎮定的女中音。

「歡迎致電╳╳╳，請直撥分機號碼，會員請按1……」

會、會員？

或許是我太孤陋寡聞了，當時心情再淒苦我都一愣，後來我忍不住把這件事告訴姊姊和弟弟。我們一陣沉默，弟弟想了想終於開口：「那是家裡得死多人少人才需要加入會員啊？」

要不是當時正兵荒馬亂，他大概真的會打電話去諮詢一下。

後來就是告別式。

當天一大清早我們就要先去準備，四月的清晨，應該是春意盎然的季節，我卻感覺前所未有的冷；那是一種從四面八方無孔不入滲進來的寒氣，穿多少衣服都讓人想縮成一團，塞進一個小空間裡，閉上眼睛摀住耳朵不看不聽。

可是我不行，我們都不行，大家都要為了他，打人生的這場仗。

我叫了車，一身黑衣在樓下等，默默上車後低聲和司機說：第一殯儀館。

不得不說臺灣的計程車司機真的很體貼有禮貌，因為他順口就問：「請問有常走的路線嗎？」

「……沒有。」

告別式結束之後還有很多事要處理，有次大家在一起摺蓮花，我想起那天早上與司機的對話，弟弟聽了低下頭。「有就糟糕了。」

氣氛有點沉重，我有點後悔分享了這段故事，只好吶吶回答，是啊！

沒想到他抬起頭，一本正經地說：「一家人，妳要是去殯儀館有習慣路線，那我不就糟糕了嗎？」

在場的人都忍俊不禁，笑容雖然有點苦，但總歸是個笑容無誤，在一個絕不歡樂的場合，大家都意外地喘息了幾秒鐘。

為什麼黑色幽默如此必要呢？

因為我們都只是普通人，有想逃避卻被現實拖出來追著打的時刻，在厚重鬱悶中透出來的一線光，會變成呼吸的氣孔。

然後我們又再能掙扎著走一段路。

這種笑當然不是快樂，是因為有時候你真的哭夠了，或是眼淚根本不被允許。更多時候，不哭是因為知道沒有用。

可我們又不能束手就擒，於是靠一點幽默，證明自己還沒有麻木，希望有天都能真心回頭，笑看現在受的苦。

而你知道的，人生還是要繼續。

你只是喜歡免費

你有沒有想過，自己在朋友心中值多少錢？而且如果有機會，你想不想知道？

不不不，這不是一個關於借錢的故事；我想活到現在大家都明白，如果還想繼續做朋友，要借就借一個有心理準備收不回來也能接受的數字。

所以這是一個有關我被迫知道自己在朋友心中地位與價值的故事。

前幾天，有個認識多年的朋友發訊息給我，邀請我參加一個發布會，說是她好朋友的自創品牌。我笑著回答好巧，經紀人才在和我對檔期，那天我本來就是受邀嘉賓，而且工作一結束就要帶著行李直奔機場，她說那太好了，我們到時見。

過了沒多久，真的大約不到一小時，經紀人突然告知我，說那天的通告取消，我們被通知不需要出席。我很驚訝，表示剛剛朋友才和我提起這個活動，怎麼就不去了？

經紀人苦笑著回答，因為對方說，剛剛得知我是老闆朋友的朋友，那麼友情邀約出席就可以了。我愣了一下才明白，對方的意思是：既然妳可以用免費人情請到，那我們不願意付費，原本講好的酬勞可以省下來

了，萬歲。

我想了想，發訊息告知朋友這個狀況，然後和她說我不去了。她問我為什麼，還說這個品牌的老闆一直很希望我去，知道她和我很好，提過很多次，希望能找我出席。

我嘆了口氣，一時不知道怎麼解釋。

商業社會裡，有一點價值的人應該都有相同經驗，很多人都拿人情來交換所謂的「舉手之勞」，希望你能看在他二姨媽三姑爹四娘舅隔壁鄰居遠房過繼兒子的情誼上給點面子，因為他們真的很喜歡你，希望你能幫個忙。

這句話應該要改一下，這些人不是真的喜歡你，他們喜歡的是免費。

廢話，免費的東西，誰不喜歡。

世上每個人，都拿寶貴的時間專業與力氣賺錢，這些都是個人專屬的資產，是人家吃飯的傢伙，透過付出得到報酬，是理所應當、再公平不過的事，如果是公眾人物，還有面孔與形象的價值。幫忙朋友不是不可以，但也有個限度，我的原則是，好朋友可以不收費幫忙，朋友的朋友可以打個折，免費不可能；除非這件事情會替我自己加等值的無形分。

坦白說，就連我爸媽都不好意思要求我為他們的朋友免費站臺。

先把人情擺在一旁，不提經紀公司會不會答應，就算我義氣到連這種忙都願意幫，那我大概一天到晚都在忙著點綴別人的場合，時間上也顧不過來。

於是我坦白和朋友說，如果是妳的品牌，那我二話不說一定到，但現在恕我不能免費參加。她強調對方是她很好的朋友，我不再接話，不知道怎麼表達「可他是妳朋友，不是我朋友」。

而且，既然妳是我的朋友，更應該知道我的行業生態，怎麼可以這樣要求。

但老實說，到這個地步我都不怎麼生氣，因為已經習慣了。我個人和公司都常接到各種匪夷所思的邀約，用產品抵酬勞還算好的，有時候還有人抱著送妳東西體驗是給妳面子的心態，附加諸多要求。不過我也理解行銷難做，有限的經費內誰不想省點錢，這無可厚非，我做不到就禮貌拒絕，沒必要不高興。

我真正生氣的是，如果我朋友一開始就以友情來邀約，就算不能去，以我的個性也會不好意思，拒絕還會內疚，可是本來敲定了時間費用，在知道我朋友和我提過活動之後立刻取消，不但造成別人的困擾，占便宜的心態也太明顯了。

出來走是要講江湖道義的，互利互惠才是長遠之計。

但我對著好朋友實在說不出口，只好一直和她說，真的不好意思，平常公司不讓我免費出席，何況本來講好的酬勞現在不給，我去了也沒辦法對經紀人交代。

我並沒有告訴她，為了這個活動，我們特別把擠得要命的行程排出一個下午，現在一聲取消，公司又要改機票，已經人仰馬翻。

相信這種事不只發生在我身上，那天和另一位時尚圈的朋友聊天，他也和我分享相同的經驗。某品牌想請他出席某城市的發表會，但活動是party的形式，所以內容很輕鬆，意思就是沒有費用，但會負擔機票和住宿。

我朋友通常不會答應的，但那段時間他剛好要去該地辦事，當晚又有好幾位熟人會到場，他想，去玩玩無妨，就答應了。

當晚他很配合攝影師，也被貼了logo，拿了商品和標牌左拍右拍，第二天原本中午要退房，他臨時有點事想要多待一晚，於是問品牌公關能不能多住一天。那個酒店屬於中上，房型也真心不貴，差不多就臺幣五、六千，而我朋友出席一場活動五、六萬都不止，對方很為難，回答必須和主管申請，要他等一等。

這也很應該，他想。過了幾小時回覆來了，公關說可以讓他多住一晚，條件是他必須發一條粉專，宣傳昨晚活動。

我這個朋友平常粉專偶爾也接廣告，一條絕對是一晚房費的四倍。

他愣了一下，很禮貌回那不必麻煩了，當下收拾行李，自費搬去了一間五星級酒店。

我笑著接口：「你算不錯了，起碼還值來回機票和一晚住宿，我在別人心中可是一毛錢都不必出。」

他優雅地插起一片鬆餅，溫柔輕聲地說，祝他們品牌越做越差，以後大家老死不相往來。

在一些人眼裡，所謂舉手之勞，永遠不只是抬抬手指就能達到的，而他們所認為的交情，其實不值一文；因為被要求者已經被他們歸類為可以免費的等級，也就是說，你在他們的心中，是可以不付錢的。

占小便宜的心態，無論對人或一件作品，都是一種侮辱。

真的喜歡一個人，請透過實質行動肯定他，如果你們是可以義務幫忙的交情，對方會主動讓你知道；而無論他開不開口，請以後盡量找機會還這個人情債，並準備付出比一餐更大的代價。

因為誰也不差你那一頓飯，打扮加上交通都要花時間，不夠等級的朋友，我寧願在家對著電視吃外賣。

請原諒我，專業不能免費，不是每個忙都能幫，每個面子都能給。

Lunch

出社會後，我意識到客戶的滿意度才是關鍵。

這世界是看表現好壞，不是看努力多寡的。最後還是得靠實力，多一分準備，就能多一分的好表現。

人生路上滿是轉角，隨時要見招拆招；遇到的人、碰到的機緣，都會改變我們的航道，很少人能直直走到最後。
我們拚命奔跑、努力追趕，並不是奢求全世界都懂，或是證明給不相干的人看。
之所以執意往前，是因為相信彩虹不只七個顏色，在圓弧形的那端，一定還有更耀眼的寶藏，而我要去看一看。

因為大家的追求，其實是一樣的。最後閃閃發光的，都是曾經逆風的傻瓜。

#掃碼聽熙妍跟你說話

做牛做馬的人生

大家或許會認為，我身邊的朋友都是名門富豪，可能是被貼標籤貼得累了，以前我會特別刻意糾正，突顯我也有「正常」的朋友，好顯得平易近人一點。事實上我交朋友也是真的不挑家世背景，只在乎他是不是個有趣的人，不作奸犯科就行。

但後來我就放棄證明了，可能隨著年紀增長，我不再介意別人怎麼想，加上身邊的確很多朋友富得流油，沒必要否認。

但富二代也分很多種。

小江就是屬於看不出來的那型，穿著很普通，往往一身大格子襯衫搭小格子褲子，還是不時尚的那種配法，開一臺十年的小Honda，花錢最多的地方就是吃，週末去山裡騎越野自行車。

他家的公司比我們上市早十年，身家絕對比我多幾百倍，朋友常常笑他身為堂堂環球企業二代目，四輪座駕居然這麼破，感覺隨時會在高速公路上垮掉，到時候就可以改在公路上馳騁二輪腳踏車。

「我也不想啊！」他苦著臉：「可是我爸開Toyota，車齡二十年，他說我的車不能比他的貴。」

我另一個朋友盧少稍稍好一點，他爸爸雖然也不准他高調開超跑，但允許他買歐洲車，偏偏盧少什麼都不想要，唯一的夢想就是擁有一臺零到一百公里加速不超過四秒的路上噴射機。

錢他多的是，可偏偏不能花，這殘忍的現實讓他悲痛萬分，好在盧少除了有錢還有頭腦，想出一個辦法絕處逢生。

他買了一臺McLaren，借停在朋友家，每天騎小電動摩托車上下班，晚上再去狸貓換太子，他爸爸還到處誇盧少節儉懂事。

為了怕人認出來，他開車還特別戴上全罩式的安全帽，搞得像職業賽車手，連車牌都遮住，簡直萬無一失。

可盧少的身分還是曝露了。

朋友家的警衛見有個蒙面人老是鬼鬼祟祟地進出大樓，以為他是偷車賊，警察依車牌線報在路上把他攔下來。盧少也是倒楣，那天新聞大概很淡，雖然沒犯法，可他不得不出示文件證明自己是車主，於是「身開超跑心在賽道」的畫面被當作今日笑點，上了社會新聞。

盧少算是奮戰到極限，據說到最後都堅持不脫安全帽，在電視螢幕上特別像公路逃亡失敗束手就擒的銀行搶犯，只可惜他爸看他的手指頭都認得出來，盧伯伯在警察局暴跳如雷，罵兒子是「作風低俗的暴發戶」，第二天車就被賣掉了。

當然我不覺得開超跑就等於沒品味，不過富二代和暴發戶確實不相等；兩者唯一的共同點只是有錢，然而怎麼花錢其實和家教比較有關。

我爸不使用高壓政策，他自詡是個民主開明的父親，可又衷心希望子女按他的意思走，於是我們的家規是經濟制裁型。我很早就考到駕照，但直到上大學後需要通勤，才有一臺屬於自己的車。高中的時候我爸說只要妳申請到好學校，飛機也買給妳，等到我提前收到英屬哥倫比亞大學的錄取通知，他才發現支票開得有點大，改口說採取補貼的方式。

不像盧少的爸爸，他沒說不准買那種大老遠就能聽見轟隆隆引擎聲的車，但是開出了一個中級車的額度，多不退少不補，買什麼由我決定。

「買超跑可以啊！我無所謂的，很民主。」我爸相當得意：「不過錢就這麼多，其他的妳自己想辦法，妳要騎腳踏車上下學也行，剩下的錢還可以存起來買基金，雞生蛋蛋又生雞，完美。」

說得倒容易，一個剛畢業的高中小女生，平常零用錢都要按照每個月的上課天數來算，存款全是平時打工薪水和過年壓歲錢的累積，哪有多的可以貼錢去買想要的車？

於是我們乖乖地按照爸爸的意思買了他覺得適合的，好在姊弟三人也不是很在乎開什麼。當然我也有朋友非要開超跑不可，於是上演了心臟病發上不了學的戲碼，最後他媽媽像連續劇一樣對著丈夫哭喊「不過就是一輛車，兒子死了要你賠」。他爸在嘆氣說「慈母多敗兒」之後妥協。

所以你看，還是家風的問題。這種話我媽也會說，但大概有點不同，她一定會講「不過就是一輛車，氣壞爸爸妳養我。」

開玩笑，那我寧願爬去學校。

小時候在國外，對貧富的差距不是那麼有感，雖然房子有大小的差異，學區也不太一樣，可大致上生活環境差不多，就算人開跑車身穿名牌，朋友們也頂多覺得他爸媽真大方，不會認為彼此是不同世界的人。

我第一次強烈發現「家庭背景」對一個人的影響之大，是大學暑假回臺灣實習的時候。

我爸基於某種對人性的不信任，一直很怕孩子遊手好閒或驕傲自滿。加拿大的暑假有三個月，我們每年夏天除了要提前修學分，還會被安排到不同行業去做暑期打工，大多是他朋友的公司。十九歲的時候我去了一家電視臺的新聞部當實習記者，一起的還有很多該科系的同齡學生。

第一天要自我介紹，大家都是新聞系或是傳播系，只有我是念語文的，所有人自然很好奇，為什麼這個和新聞八竿子打不著的人會出現在這裡。午休時間我就被記者大哥大姊們拉到旁邊去問，那時候我也笨，沒有社會經驗，不知道令人尷尬的問題可以不回答，他們問我是哪個學校的，我回答英屬哥倫比亞。

「哦，海歸派。」他們恍然大悟：「妳認識我們老闆××吧！所以是走後門進來的？」

我很緊張，怕被認為說謊，於是連忙搖頭表示不認識那位先生。

「那妳認識的是誰？」他們疑惑追問我。

「我……我喊╳╳╳爺爺。」

「哎唷！」一位姊姊誇張地大叫：「那是我們老闆的爸爸，她的意思是老闆不夠看，她不認識，她熟的是更高層的人。」

我拚命否認不是那個意思，但已經來不及了，大家一片譁然，從此正式判定我為皇親國戚。

現在想想，這件事的看法可以很兩極，認識我的人當然知道我是無辜的，可換作不認識我的人，就會覺得好一朵婊到無邊無際的白蓮花。

他們大概都和我不熟，因為從那天開始，我發現所有辛苦的工作都落在我頭上。

新聞臺裡有四個部門，政治、經濟、社會和民生，政治跟經濟組需要很強的背景知識，跑的是立法院議會和各種府院，民生新聞多半是時尚藝文活動，被公認是涼爽風雅的貴婦團。社會組最苦，什麼突發意外都是第一線，主要走警察局、消防局和醫院，實習生每兩週換組，只有我整整兩個月都待在社會組，每天在烈日下工作十二小時以上，看過各種車禍砍人意外身亡的遺體，累得站在殯儀館的太平間裡，頭靠著牆打瞌睡，腳底下流過的就是屍水。

大家都認為那是應該的，誰叫我「平常太享福了，仙女難得下凡，有義務要讓她知道人間疾苦」。

因為是富二代，所以長官和同事對我要求特別高，接近四十度的夏天，別的實習生可以穿背後是網紗可透視的衣服，我一定要穿深色長褲，還不能太緊身。因為是富二代，所以我一定不缺錢，別的實習生月底都有些費用可以領，只有我沒有。

坦白說穿什麼我倒無所謂，反正一身露背裝上班也不是我的風格，可不給薪水，我很生氣。

賺錢是一件很嚴肅的事好嗎！

我這輩子做的每一件工作，都是自己找的，和家裡沒有一點關係，也沒讓父母去打招呼。可還是有無數次被殺價、被拖費用，甚至不付款，因為覺得「反正妳不缺錢」。我必須做得特別好特別多，特別有禮貌和謙虛，才能扭轉大眾對於富二代先入為主的負面印象；而我若有時合理地堅持，就會立刻被認為是公主病或大小姐。

有次上洗手間，剛要出來時，聽見門口休息區有一群記者和攝影師大哥在聊天，一位說哎呀她就是來玩的，小公主閒得無聊尋人開心，和我們這種得賺錢養家的人不一樣。

另一位很鄙夷地開口：「何必呢，刻苦耐勞做給誰看，反正以後也是要嫁進豪門的。」

「是招贅進豪門吧！」大家哄然大笑，把菸頭熄了，魚貫走回座位。

怎麼說呢，從頭到尾都沒人提名字，可我就是知道他們講的人是誰。

忍了兩個月，我終於在洗手間的門邊蹲下來哭了。當時我不明白的是，身為富二代，如果說會被另眼相看，那天只是小意思。

我也和爸爸抱怨過，說大家都對我特別待遇，但他基於「有事請自己解決，無法和別人相處，那是妳的問題」的教育原則，認為我有機會去實習就該心存感激，其餘的他不想聽。

年輕的時候看不開，很想大吼說自己就是個普通人，愛漂亮愛買，雖出入名店卻也逛平價品牌，會上高級餐廳也能吃路邊攤，畢業後就自力更生了，不是個啃老族，現在雖然住的公寓稍微好一點，可我也租過很小的套房，沒日沒夜地接工作，在那裡窩了一年多。

我的物質生活或許在中上等級，可我一樣會失戀，也吃過虧傷過心。

那陣子我曾和朋友大龍討論過這件事，他家是做房地產的，旗下還有連鎖酒店，在當地可說是無人不知無人不曉，號稱南霸天。

「妳浪費時間和那些人證明什麼。」大龍一邊往嘴裡塞火鍋肉片，一邊嗤之以鼻：「世界上很多人眼界很狹隘的，就只知道那麼多，妳努力工作應該是要因為自己喜歡，而不是做給別人看。」

我聽了肅然起敬。

「妳看我吧！每天要比我爸早上班，他沒離開公司我也不能走，做得再好都是老闆的兒子，不計分。」他冷笑：「這就算了，萬一做得不好，那話可難聽了，什麼虎父犬子，富不過三代，良田出歹筍，敗家子愧對祖先。」

大龍不說，我都不知道他那麼可憐，頓時忘掉自己的煩惱，拚命往他碗裡夾肉。

「所以我說妳啊，想開點，愛幹麼幹麼，對得起自己就好了，什麼富二代貴公子大小姐小公主，都是人家封的，我們別活在其他人嘴裡。」

我怒點頭。

「他們怎麼會懂我們這種看起來風光，實際上做牛做馬的人生，對不對？」說到激動處，大龍把舀湯的湯匙拍在桌上，我猛拍手，筷子直往鍋裡飛。

大家吃飽飯走出餐廳，我準備叫計程車，大龍說要載我，讓門口的泊車人員把他的車開過來。沒多久我聽見轟隆隆的引擎怒吼，一輛藍寶堅尼停在我面前，他示意我上車。

「這你的車？」

「對啊！新買的，還可以吧！」大龍很得意。

「你剛剛不是說什麼早出晚歸，做牛做馬嗎？」我氣憤，覺得剛剛在餐廳裡聽他演說，被激發出滿腔熱血的自己簡直像個傻子。

「是zuo牛zuo馬啊！」他甩著手上的鑰匙：「妳看這臺車的logo是什麼，加上我原本那臺法拉利，這不是坐牛坐馬嗎？」

嗯，富二代也分很多種，是我疏忽了。

不過從此之後我就想開了，面對那些標籤，我不再抱怨不公平。原生家庭是沒辦法選擇的，因為背景而去判定一個人，是對方太狹隘。

我不否認有錢是優勢，可過了一個年紀，成熟的人只看你自己怎麼做人，不會在乎你背後的是誰。大部分的人的確覺得富二代的男生一定是酒池肉林胡天胡地，女生就每天買奢侈品喝下午茶，可也有小江那種兢兢業業、省吃儉用的富家子弟。

你只代表你自己，而我兩種都不是，大概算個公務員。

Chapter
Afternoon tea

只得一個勇

二〇一七年聖誕節左右，我人在香港。

那是一個很迷你的旅行，我是和女生朋友去的，她要去聽一場演唱會，我是為了吃美食、看朋友，順便逛逛街。

我們兩個雖然沒有一起旅行過，好在認識有段時間，知道對方都是很無所謂的人，應該不容易誤踩彼此的點，加上也就三天兩夜，再怎麼不能忍受，我心想，晚上多喝兩杯，應該也沒什麼撐不過。

誰知道第一天就出事了，有問題的是我。

說起來慚愧，我是數字白痴，最近年紀大了，症狀有惡化的趨勢，老把出發和抵達的時間看錯，還常跑錯航廈，導致從北京過去的她已經到了，我人還在臺北。

她不但沒生氣，還一直安慰我沒關係。但那天是香港假期結束的前一天，要回去上班的人很多，飛機非常滿，我費盡千辛萬苦，在兩個航廈中間跑來跑去，我的票務急得要跳樓，好不容易才拿到機位，確定會在晚上九點多抵達。

問題是，她特地安排了當天晚上和我在一間米其林星級餐廳吃浪漫聖誕大餐，我們還約好了交換禮物。

飯是肯定趕不上了，我想一個年輕漂亮的女生，單獨坐在米其林餐廳裡吃燭光晚餐，這畫面成何體統？於是已經很讓人無言的我，幹出了另一件更不是人的事情。

我一確定好班機，立刻打電話給一個香港男生朋友，要他在一小時之內找幾個適齡並體面的單身男性，去陪我這個女生朋友吃飯。

「妳為什麼不問我有沒有空？」他好奇地問我。

「你不行，不夠帥。」我想也不想就回答，在他還沒來得及掛我電話之前，連忙又加一句：「要風趣！我這個朋友很有靈氣的，說話悶的人不行。」

他被我激到說不出話來，很久才擠出三個字：「妳好嘢。」（妳好樣的）

沒到十分鐘，他就發了幾張照片過來，上面是三個男生，我把手機拉近挪遠，像個丈母娘似的審視了半天，最後在一個看起來最有型的臉上打了一個勾發回去，表示：就他了。

「從來只有別人替我介紹女生，今天我活像個媽媽桑。」他喃喃抱怨：「真是欠妳的。」

我很開心地發訊息給女朋友，說如果她不想一個人吃飯，我替她安排了一個盲約，並把照片傳給她看。

「……妳是不是和我媽說好了，故意趕不上飛機？」沒看到人，我都能透過螢幕感受到她狐疑的眼神。

總而言之，剩下的時間我就安心地在候機室寫文章，晚餐時間到了，我還問她那個男生如何，需不需要我打電話叫她回家關瓦斯爐？她說一切都很好，對方不是變態，人也很幽默好笑。

說不定這次本人將錯就錯，會成就朋友的一段戀情呢。我嘿嘿竊喜，不過也可能只是一廂情願，想蠢得有點價值罷了。

很不巧，衰事不會單獨來，該航班誤點，到香港已經比預期得晚。我一出機場就和她聯絡，問要不要去找她，朋友說不用，說等等回來和我在酒店碰頭。當時我雖然已經奔波了一天，但實在滿懷歉意，抱著她想幹麼我都奉陪的心情，包括上山看夜景，大排檔吃海鮮，別說要我半夜搭公車陪她去深圳的二十四小時按摩，我親自幫她油壓、指壓都可以。

沒多久她就回來了，手上拿著發光的氣球，另一隻手抱著大大小小色彩鮮豔的絨毛動物玩偶，神色很平靜，看起來不像不開心。

但也不是很開心。

我問她今晚過得怎麼樣？那個男生還可以嗎？她一邊放下懷裡的戰利品和約會紀念品，一邊說不錯啊！他講話滿有趣的，很努力，吃完飯還帶她去坐摩天輪，在遊樂園裡玩遍各種小攤子，替她贏了很多獎品。

雖然是香港，海邊還是有風的，摩天輪上有點冷，男生很體貼，猶豫了半天，可能是想抱她，又覺得很唐突，最後把外套脫下來，輕輕蓋在她身上。

朋友感受著布料上的餘溫，回頭對他笑了笑。

「以盲約來說，他真是很周到的，連我在那邊玩遊戲射飛鏢，他都稱職到替我側拍錄影。」她忍不住問我：「真的不是花錢找的男伴遊嗎？」

我笑倒在一邊，拍拍她說我愛妳，但還沒到那個地步。

「現在還有那麼溫柔的男生，真難得。」她真心讚嘆。

我點點頭，在等她的那句可是。

「可是，最後我還是說要回來。」她笑著脫下低跟鞋，按摩著小腿：「大概是有點累了吧！想休息一下。」

那晚我們就沒出去，交換了禮物又聊到很晚，她說還是和女生相處比較輕鬆，用她的話講就是：「和妳在一起的時候，我是癱著的，連肚子都不必縮。」

我差點一個枕頭甩過去悶死她，這個剛吃完五道大菜的人明明就沒有小腹。

第二天我們睡到中午，吃了一頓豐富的早茶，下午又閒晃了半天，就往紅館前進。演唱會是晚上八點多，我們在寒風中排著隊，這是我第一次在香港聽演唱會，忍不住探頭探腦，東張西望。大家都很有秩序、很冷靜的樣子，我轉頭看朋友，她一語不發，眼神中透著堅定。

我是陪人來的，怎麼搞得我才像粉絲？

票的位置不錯，能清楚看見舞臺和旁邊的大螢幕，我晚飯一向吃得很早，還不到八點就飢腸轆轆，雖然覺得看任何表演吃東西都是很不禮貌的事，但終於忍不住和已經坐定的她說，我去買個東西墊墊胃。

用很不標準的廣東話問路，我找到小食鋪，買了兩碗咖哩魚蛋和一瓶水，也沒忘記她愛喝的奶茶。時間算得剛剛好，等回座打開蓋子，歌手已經快出現了，現場一片歡呼聲，只有我忙著將魚蛋上的油用餐巾紙吸掉，大概是整個紅館最淡定的人，與旁邊揮舞光牌跟加油棒的歌迷，形成一幅奇異的對比。

女歌手氣勢磅礴的出場，迅速唱了兩首快歌，大家跟著合唱，氣氛陷入瘋狂。我本來對這位歌手就不太熟，嘴裡又塞滿吃的，開口跟著唱有相當之難度。倒是專程要來聽演唱會的朋友也毫不激動，直到第三首歌，我偏過頭去問她，妳怎麼這麼冷靜啊？

她的回答讓我差點被魚蛋噎死：「這幾首歌我沒聽過。」

「啥？」我提高聲音，雖然很快就被觀眾的歌聲淹沒：「妳不是她粉絲嗎？」

她搖搖頭。「我只是想來，我覺得我來聽她唱歌，應該會哭。」

我傻了，心想一張票也不便宜，她因為我也在香港，特別為我再搞了一張，這麼大費工夫，我們還在冷風中站著排隊，結果坐在熱血沸騰的紅館裡，一個餓得前胸貼後背，一個連螢光棒都沒買。

「妳最好感動哭，不然我最後又得妳哭。」我揚揚手中的塑膠餐具，沒好氣地恐嚇她。

她笑著點點頭，轉過去聽歌。

其實我很怕她這樣不熱不冷的反應。

去年我這個朋友談了一場十分憋屈的戀愛，她付出了很多，對方卻連公開承認交往都沒有。一開始她忍著，覺得他可能是還沒準備好，兩個人就這樣小巷子裡牽手，大街上並肩，過了差不多一年，其實身邊的朋友們也知道他們在一起了，不知道為什麼男生就執著於低調，說感情生活是很私人的事，自己知道就好。

話是沒錯，但也不至於這樣。她也吵過，質問他自己到底是哪裡不夠好，為什麼連堂堂正正被稱呼為女朋友的資格都沒有。男生起初是皺眉，一臉妳又來了的態度，後來乾脆面無表情，說妳看妳老是這樣為小事發飆，我們適合在一起嗎？

一拳打在棉花上，無力感可以想像，於是她開始旁敲側擊，從他的社交平臺上發覺蛛絲馬跡，包括看他按了誰的讚、留了什麼言，從哪裡轉發了哪篇文章或歌曲，分析一個個素未謀面的陌生面孔，和心上人的過去現在未來有什麼可能關係。

「了不起。」有次她翻完幾百條評論，就是為了找出男友關注的是誰，我不禁發出讚嘆：「妳可以兼職徵信社。」

她抬起頭看我，不知道是不是盯著電腦看太久，雙眼通紅。

笨與遲鈍是幸福的代名詞，聰明人都是因為沒有安全感，才被逼成高手。

我接過她無數次的求救電話哭著罵他是傻子，聽過她數不清個發誓說再也不要理他，結果那些保證都沒實現，過了沒幾天，她又元氣滿滿地和我說，我想通了，只要他還沒喜歡上別人，我就要繼續和他死嗑。

我總是回答好的，妳去。

我是一個很要面子的人，感情裡常常擔心「掉價」這個問題，怕看起來厚臉皮，惹人恥笑。這樣的心態當然過於老派，自尊心太強的人往往也得不到，因此很羨慕她總是有能掉下去再彈起來的力氣。你說是犧牲精神也好，不撞南牆心不死也罷，那種不計較誰喜歡誰比較多，總是我主動也沒關係，只要還有機會能觸碰到你就可以的拚命勁，我是非常佩服的。

那個時候的她生氣勃勃，和現在可有可無的狀態差很多。

不過她也沒得到。

最後那個男生還是說要分手，態度很委婉，理由也不重要。我是外貌協會，這個女朋友長得很漂亮，而對方外型有點像五官太集中的烏龜，所以當他說兩個人不適合，我的反應相當冷淡：「廢話，又不是拍國家地理頻道紀錄片。」

其實我和她一樣都不對，戀愛裡，態度高冷和熱情都是錯的，他喜歡妳才是正解。

聽到演唱會的一半，朋友還是沒嗨起來，我開始滑手機，看見她的社交平臺上按的最近一個讚，是前任的新狀態，他分享了一首歌，轉發的時候，他寫著boomerang。

唱那首歌的人，正在舞臺上賣力表演，我挑起眉毛，把手機遞給她看，她點點頭。

「他的前女友歌單裡也都是這歌手的歌，歌單的名字同樣是boomerang。」

Boomerang是一個app，instagram上很流行，就是一個不斷迴放幾秒鐘動作的影片，我自己偶爾也用，效果挺有趣的。但可能有人不知道，它其實也是迴力鏢的意思，就是那種L型的木頭玩具，丟出去無論多遠，最後都會飛回主人手裡。

我終於明白了很多事。

包括她為什麼要和我遠道來聽一場陌生的演唱會，包括竭盡全力的她最後沒有得到獎品的原因，還有後來遇到再貼心的人，她都顯得無動於衷、筋疲力盡。

她特地飛了三個小時，參與她填補不上的空隙，向他愛過的致敬，與自己愛過的告別。

臺上的歌手很有誠意，安可曲最少有五、六首，一直坐得直挺挺的女朋友，在最後一首歌的時候終於低下頭。我拍著她的背，穩穩地，一下接著一下，聽見她哭著說：「我的數學一向不好，但我想，無論題目會不會寫，我把考卷填滿，總能撈到一點分。」

我將她的頭按向自己的肩，對著大螢幕，那晚第一次跟著身邊的人一起唱。

我從不覺得愛情是考試，也不認同有誰夠資格替別人打分，但如果它真的是，妳一定是最好的學生。

臺上短髮的楊千嬅很美，正唱著大家殷殷期盼的曲目。

「望著是萬馬，千軍都直衝，我沒有溫柔，唯獨有這點英勇。」

就像妳說的，妳只是累了，想休息一下，再站起來的時候，心裡一定還是那個精神飽滿的熱血少女。

「渴望愛的人，全部愛得很英勇。」

這才是正確的朋友打開方式

1.

發生了一件讓我很生氣的事。

有個男性友人突然發了一張照片給我，上面是一片令人心曠神怡的沙灘，本來以為他要秀度假照片，仔細看了一下才發現下排有一行小字。

「╳╳╳，╳╳╳，╳╳╳，╳╳╳，長短期皆可，資料自查，非誠勿擾。」

那些╳╳╳，都是女明星的名字。

「這是什麼？」我問，一時不確定他的意思。

「出來賣的呀！」他回答我。

我頓時怒火中燒。

「名單哪來的？」我冷笑：「這樣都行，那我也可以做一張給你，要誰有誰，居禮夫人都能陪吃陪喝你信不信？」

大概還沒感覺到我的口氣已經改變，他連忙強調：「我一個朋友的朋友發的，他專門牽線，認識很多圈內人，不是瞎編，有可信度的。」

喔！那不就好棒棒，你朋友的朋友為什麼不去考證照呢？

我的火氣又上升一層：「你這種話對我說就算了，不要傳給別人，男人說女人壞話不好聽，而且你又不是親眼見到，也只是聽說。有沒有賣是一回事，重點是這樣你更像一個買不起的屌絲。」

他很委屈：「我也只有傳給妳而已。」

真榮幸。

我啼笑皆非：「你是要問我想不想賺外快呢，還是覺得我適合當潛在客戶？」

再笨都感覺得出氣氛不對了，他討好地說：「沒有沒有，我就給妳看看，我知道妳不是那種人。」

如果說我之前是生氣，現在就是暴怒。

「哪種人？就和你說了，這種沒根據的謠言全是垃圾！你若覺得我看到別人被講成這樣會高興，那我在你心裡的人品很有問題。」

「好好好，我錯了，妳做為同性還滿有正義感的，很難得。」他投降，馬上轉移話題，最後丟下一句：「對了，居禮夫人是誰啊？漂亮嗎？」

2.

男人是不是對女人的友誼有什麼誤解？

不只一次有男生對我說，女人小心眼愛八卦，嫉妒心重喜歡攀比，還常常口是心非、拐彎抹角。我承認有這樣的人，但我身邊大部分的同性朋友都不是這樣的，而我認識很多女生。

男人可能覺得女人都見不得另一個女人好，但事實上，無論認識與否，我們是很樂見其他女生過得虎虎生風的，甚至路上見到一個美女走過去，也覺得心曠神怡；只是我們喜歡的同性類型和男性視角不一樣而已。

如果是朋友，那就更不得了了，恨不得全世界都覺得她漂亮，不但如此，還要看見她的才華智慧靈氣和內在美。

這才是正確的朋友打開方式吧！

有段時間，我和某位好友一起失戀，原因各自不同，過程卻一樣狗血，她的前男友撒了一個大謊，而她傻傻地貼人貼錢，到最後才知道這一年多來對方一直有女朋友。恍然大悟的她手腳冰冷，腦袋一片空白，第一件事就是告訴我。

「妳問他了沒有?他怎麼說？」我問她。

她搖搖低垂的頭，說她不敢，不知道是缺乏對質的經驗，還是沒有發掘真相的勇氣。

「他電話幾號？」我抓起手機。

「妳要幹麼？」她抬頭看我，一臉驚愕。

「當然是打電話罵他啊！」我生氣：「妳這個人，平常一點小事就喳喳呼呼的，緊要關頭居然那麼慫！」

她一聽，哇一聲就哭了。

「哎哎哎，妳別哭啊！我不是那個意思。」我連忙安慰她，悔恨自己說話冒失：「對不起，我只是不想妳被別人欺負……」

「不是的。」她抽抽噎噎：「妳比我更不會吵架，可居然要替我出氣，我一時感動才哭的……」

「被男人騙雖然很糟，可我還有妳啊！」

我愣了一下，換我想哭了。

好在後來她相當爭氣，努力振作，積極約會，很快找到新人。那位小哥哥對她很溫柔，她說自己現在也不敢一下投入太多，但無論兩個人未來走到哪一步，她都會感激他曾出現，拉她這一把。

「啊，我說太多自己的事了，妳聽得煩了吧？」她不好意思：「不知道為什麼，我特別覺得應該對妳說。」

「可能因為妳一路上拚命想把我從泥沼裡拉出來，我才想告訴妳，讓妳放心。」她低聲說，接著忽然想到什麼，急急解釋：「我們之前都那麼苦……我還是感同身受的，不是故意要秀恩愛。」

我哈哈大笑：「妳也放心，我恨不得全世界的好事都發生在妳身上，以後遇見的都是好人，每個人都和我一樣喜歡妳。」

「妳越快樂，我就更覺得自己說不定也有好運氣。」

她笑著點點頭，女人的友情，其實就是這麼脣齒相依。

所以我們聽說同性吃虧會怒其不爭，看到好友犯傻會義氣相挺。我們常常很膽小，需要見證其他女人得到，才能說服自己也可以幸福。

更多的時候，我們很勇敢，只要目睹一個女人擁有，就會相信自己也不該將就。

3.

話雖如此，我也狠狠在朋友身上栽過跟頭。

大家或許在《康熙》上聽我說過，我曾經對一個女生朋友非常好，真的是掏心掏肺，幫她找工作，介紹朋友，管接管送，幾乎她喜歡我的什麼，我就會去買一份新的送她。

結果她扮演了另外兩個人，一人分飾三角騙我。或許是我智商和情商都不夠高吧！到現在我都不明白，她那樣有什麼好處。

當然我也不是聖母啦！沒辦法說出希望她幸福這種話，但我衷心希望現在的她比當時快樂一點，不要把精力花在這種事上面，因為每個人的時間都是很寶貴的。

所以我不是不知道朋友不能盡信，因為你永遠不明白人的心眼多起來，能到什麼地步。

不過我不覺得問題出在她是女人這一點，也沒有因為在一個同性朋友身上吃了虧，就覺得女人都會為難女人。某人和你不合拍，純粹是單一個案，處不來是思想上的差異，和性別沒有關係。

你該不會要告訴我，男人就不會嫉妒彼此，男人的世界就天下大同其樂融融吧？

寫到這裡，我想起前幾天發生的另一件事。

一個男生朋友，神祕兮兮地向我打聽另一位朋友的收入多少，我莫名其妙地說我怎麼知道，你問這個幹麼？

「妳看他最近買了好幾支iPhone X，又換了新錶，還開一臺好車，我和Sam都想不通，他那行有賺那麼多嗎？」他很疑惑。

「我不知道耶！應該有吧？」我啞然失笑：「拜託，你也管太寬了，工作那麼久，他存的不行嗎？」

「而且你們兩個董字輩的好意思酸人家?自己又不是買不起。」

「當然要酸他啊!不酸他酸誰。」他居然理直氣壯：「本來就長得又高又帥，還比我們年輕那麼多，現在還有錢，那統統都給他玩好啦！」

我忍不住大笑，天可憐見，人家年輕有為不滿腦腸肥還是罪了。

所以如果妳是女人，別再說不喜歡交同性朋友，因為她們都小心眼愛八卦又妒忌，看到誰的美圖都說是P的，人家買了新包就說是男人送的，晒旅行照片認為對方住廉價酒店，男友老公帥一定在外面偷吃……大多數的女人真的沒那麼負面，更沒那麼閒，少數真的會如此的，那是她們人品有問題，朋友的打開方式不對。

妳該做的不是對同性友誼失望，而是離那種人遠一點。

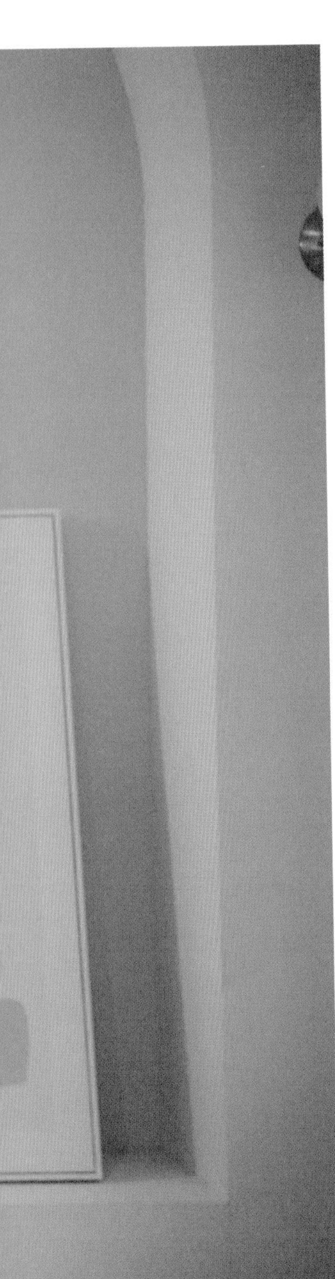

Afternoon tea

妳，其實是有點任性的。

妳總是告訴自己要做得更多，不擅長說不，活在大家的期待中，希望身邊的人都高興，最後，卻忘了討自己歡喜——我一點都不喜歡這樣的妳。

一生太短，沒有膽怯迂迴的時間，請妳為了真正想要的奮鬥。
不該有求必應，而要堅持底線，因為前者，只會讓人退無可退，後者才能得到尊重。

願妳自始至終，都對自己的選擇心安理得。

日子再緊迫，還是有深呼吸的隙縫。妳只是累了，想休息一下，再站起來的時候，心裡一定還是那個精神飽滿的熱血少女。

「渴望愛的人，全部愛得很英勇。」

#掃碼聽熙妍跟你說話

不可碰觸

很多人都和我說，分手後不能做朋友。

我算是該教派的選擇性信徒；有一些見了面就想切換到忍者樹遁模式的前男友，但也和幾個前任還有聯繫，把對方當作認識很久的老朋友，互動不算很頻繁，偶爾看心情問候，大事視交情相助的那種。在我一些和前任老死不相往來的朋友眼裡，這已經算是異類，他們總是嗤之以鼻，冷冷地對我這樣的人說，妳有那麼缺朋友嗎？

我不太敢回答．和前男女友聯絡好像已經立於必敗之地，說什麼都顯得渣。

事實上，我也不是那麼人盡可友的，和前任發展友誼必須具備很多條件，得天時地利人和，並非想做就能做。

首先它需要時間，剛分手之時萬萬不適合。

人是血肉之軀，是有感情的，無法在身心裝開關，一分開就立刻切換到冷靜理智模式，把對方當作普通朋友看待；好吧或許有，不過那樣的人大概一開始就沒打算把你當作正經交往對象。

認真相愛過的人，很難瞬間接受彼此的身分轉變。以前可以說的話做的事甚至去的場所，現在哪些可以哪些不行，都得花時間摸索出界線，釐清後再看是不是要繼續來往。很多人分手之際信誓旦旦說還要做朋友，適應了之後，反而覺得沒有必要。

是啊，新鮮的人有趣的事那麼多，為什麼非得要和前任攪和在一起，顯得大度有那麼重要嗎？分手後能不能做朋友，有時候會被環境影響，比如說兩人同屬一間公司或社團，分開後即使再不想搭理對方，也得專業點，不能真的把彼此當作空氣。社會關係千絲萬縷，有時候牽一髮動全身，做人無法時時隨著真性情，就算是演戲也得配合，白眼留到轉身再翻就好。

還有分手後與前任的友誼發展的程度，我覺得最高指導的原則取決於人，這個人，就是彼此的現任。前男女友畢竟是過去式了，再怎麼重要也不該勝過當下陪在自己身邊的對象，這不但從實際的角度出發，也是一種尊重。無論是聯絡的頻率、相處的模式、互動的氣氛等等，都該把現任的感受放進考量。

當然，不是每個現任都視前任如洪水猛獸的。

我的一個心很大的女生朋友，對於男友的前任就毫不介意。有次他們吵架，她自顧自和姊妹們出去玩，手機不接不回，男友等到凌晨，在猛刷社交版面第兩百次之後，才終於從共同朋友的頁面上看到她人在哪，於是急吼吼地開車去酒吧外面等。過了很久她才嘻嘻哈哈地出來，一見到男友就愣了，還沒來得及問他怎麼會出現，他就怒火攻心，大聲問她怎麼那麼久。

女孩子很生氣，心想我又沒要你來，你自己要等的，我就愛在裡面畫清明上河圖，怎麼了？

她面色一沉，正準備吵架，男友氣憤地說，妳知道我遇到誰嗎？

女友這下好奇了：「誰？」

他很委屈，說怕她喝醉了危險，火燒紅蓮寺那般趕來接，沒打算催她，但又怕女友匆匆出來看不見自己，於是靠在車子旁邊張望。故事聽到這裡，我忍不住笑了，她男友人高馬大，哪裡是怕這個，明明是在車外等比較加分。

那是個冬天，他縮在毛呢大衣裡，手插口袋伸長脖子，正想著等等怎麼和女友溝通，冷不防對街傳來一聲清亮的叫喚，對方大聲喊著他的名字。

三更半夜的，他嚇了一跳，轉過頭去看，赫然發現那是他幾年前分手、後來嫁人的前任。

當年他們分手得很平和，女孩子想結婚，他不想，對方軟硬兼施逼過幾次，還是拿他沒有辦法，最後乖乖認賠殺出，很快嫁給別人，連電話都換了，從此再無聯繫。說真的，怎麼看都不是需要讓人在四下無人冷颼颼的半夜大馬路上，恨不得自己能原地爆炸的前女友

可偏偏，就在認出她之後的千分之一秒內，他來個一百八十度華麗轉身，流暢地從口袋裡掏出手機，若無旁人地講起電話來。

「哎，王董啊？是，是我，對呀今天的那個案子……」他一邊演得起勁，一邊自然地往路燈移動，細窄的燈柱當然遮不住他，但情急的人是不講邏輯的。

演了一陣，他用眼角餘光往對街瞄，發現已經沒有前任的身影，心裡終於鬆了一口氣，電光石火之間，

肩膀上被人拍了一下，他活活跳起來。

「好久不見。」他轉過頭，正面迎著一張笑臉。

他愣了幾秒，突然指指手上的電話，做了一個「沒有」的手勢，然後跨進車裡鎖上車門，把手機插上汽車充電器，繼續和不存在的王董探討北韓與美國的局勢。前任乾巴巴地站在車門旁邊，被滿頭霧水的朋友們拉走，他在車裡不動如山，直到遠遠看見女友的身影，才氣急敗壞地鑽出車外揮手。

「你……是不是欠她很多錢？」女朋友聽完他可憐兮兮地訴苦，忍不住問：「至於這麼心虛嗎？」

「我是怕妳知道了會生氣。」男友振振有詞，一副赤膽忠心可朝日月的樣子。

「放心，我看過她照片。」女朋友微笑回答：「我比她正多了，有什麼好生氣的。」

當然，也不是每個前任都那麼鍥而不捨，人生信條是山不來就我，我去就它。

我另一個朋友，堪稱地表最強前任，分手十年的前男友心情不好，都能半夜拎著啤酒去她家按門鈴，訴苦到天亮，累了就在沙發上睡，第二天直接起來上班。一開始我們都以為她對他還餘情未了，後來發現真不是；她的確是愛著前任，不過感情已經轉化為友情了。她又長著一對好耳朵，平常哪個朋友需要找人聊天，她都願意收容。

有次她前男友的現任想分手，他試圖挽回，不知道怎麼突發奇想，決定使出殺手鐧，去女孩子家求婚，臨時又生不出戒指來，於是上門向她求救。

「妳有沒有一克拉左右的鑽戒可以借我？」

她猶疑一會兒，居然答應了。

前任千恩萬謝地捧著絲絨小盒子，雙手合十向她膜拜，臨走前，她笑說加油啊！成功了等著喝你喜酒。

對方正跨出大門，聞言停住，仔細思考了幾秒，突然問她：「妳等等要幹麼？」

她不明白，隨口回答沒事啊！

前任興致勃勃地說，既然要求婚，就要有人錄影，這樣萬一女友答應了，影片婚禮上就可以用，那……現在臨時也找不到人，乾脆就妳了，怎麼樣？

她居然也答應了。

於是這一對前任，一個躲在樹叢裡準備側拍，一個站在門廊下等待求婚。後來沒成功，不過我朋友受不了蚊子咬，發出的聲響太大，被女主角發現了。

「這誰！」她花容失色質問。

我朋友看看自己身上還沒來得及換下的上班套裝，期期艾艾地回答：「如果我說我是珠寶公司的代表，妳會不會相信我？」

我們常拿這奇葩的一幕笑她，說她這個前任真夠慘，出錢出時間就算了，後來還要玩角色扮演，擔任攝影師和警衛。她很不好意思，像是也知道自己挺窩囊，後來終於忍不住了，輕輕說了句，其實我就只想他好好的。

我突然很感動。

我想到很久以前，前任曾經給我看過一段短片，內容很日常，就是幾個年輕人在家裡開趴，客人川流不息，男主角一直在等一個女孩子來，頻頻詢問朋友她到了沒有。最後她終於出現，兩個人的氣氛卻很尷尬，女孩很快說要走，男孩送她到車子旁邊，忍不住對她說，分手到現在，我一直想著妳，妳呢，過得好不好。

女孩沉默一陣，點點頭，說我也常常想起你。

「那妳為什麼不回我訊息？」男孩不解。

女孩神情悵惘，沒有回答。

「我不明白，既然我們都思念對方，為什麼不再試一下？」他急切地問她：「我在妳心裡到底算什麼呢？」

「有時候，不是相愛就非要在一起的，我們有過機會，卻沒有好好把握，但這不是誰的錯。」她看著他，眼神無奈卻很誠懇：「事實上，就因為不怪你，所以你對我來說很特別，不會消失，無法動搖。」

「我心中有一塊不可觸碰的位置，你就在那裡。」

有人問分手後怎麼做朋友？能做朋友的都是沒有愛過，每次聽到這句話，我都不能完全認同。我很明白兩性專家早已耳提面命，表示社會觀感正確的答案，就是除了現任之外，其他都是過往雲煙。可我心中清晰浮現的那幾張臉，提醒我那不是事實，因為自己是真真切切付出過的。

愛過，也被愛過。

在很久以前，我們都很努力往彼此身邊靠，最後沒做到，但也不可惜，因為今日的我們，也都過得還可以。現在雖然沒過去的溫度，卻是以最舒服的方式相處。

朋友、舊愛，或是前任都好，無論別人怎麼定義，我都很珍惜這樣已經昇華的感情。兩個人都存在，才能一起紀念彼此的青春和傻氣，見證大家的歲月與經歷。畢竟在這個迎新送舊速度飛快的世界裡，失聯與放手再容易不過，而我們都沒有。

你是我伸長手都不可及的，可沒關係，我會盡力讓時光無法觸碰你。

低期待高快樂

我的一個朋友最近火氣很大，因為他在公司裡和別人競爭一個外派的位置，結果沒成功。除了失敗讓他很氣餒，他不舒服還為了另一個原因；雀屏中選的同事是他的好朋友，很清楚他多麼渴望這個機會。

更糟的是，對方對這個任務根本興趣缺缺，當初還答應他會盡量拒絕，但最後還是半推半就地接受了。宣布結果後，他有點埋怨，畢竟如果這個同事依約放棄，機會就肯定是他的。而當事人覺得很無辜，認為自己只不過是聽命行事，也有為難之處，兩個人因此嫌隙頓生，

「他答應過我會盡量不去的。」朋友氣憤地說。

對方是答應過沒錯，但重點在於「盡量」，成年人的社會裡，盡量就是變數。何況就算是打了百分之百的包票，難道就不能反悔嗎？如果曾經聽過的保證都必須成真，那麼我想人人都能花好月圓、心想事成。

出了社會之後，還對別人有如此認真的期待，是註定要失望的。

成熟的表現之一，就是對別人的要求越來越低，對自己的標準越來越高；這樣的生活態度雖然可能有點阿Q，卻是容易快樂的祕訣。

我的一個朋友很能幹又貼心，生活上的一切幾乎都能自己料理，我們常笑說當她的男友再輕鬆不過，她聳聳肩回答，大家工作都挺忙的，能別折騰對方就不要麻煩了。

日子一久，我們也習慣她的獨立爽快，直到有一天大家聚會，外面颳起颱風，是那種傘也開不了、人都站不直的強度。大家決定解散，分配著哪個人順路可以載誰，我理所當然地問她怎麼回家，心想她一定有辦法。

「他說風雨太大了，危險，要來接我。」朋友有點不好意思地回答。

「哇！這麼貼心！」我們被這一下恩愛刺激得連滾帶爬，大呼小叫。

「我要他別來，開車更危險，他說不行，平常已經沒接送我了，這次要聽他的。」她收拾好東西，我們像一群剛談戀愛的小女生，推擠著跟在她後面下樓看熱鬧。

狂風暴雨裡，很快出現一臺小車，緩慢而篤定地往這棟大樓前進，在昏天黑地中，還真有點像搭救公主的白色武士。

朋友迅速上了車，在車窗後和大家揮手，我們興奮回應，心醉得彷彿目送一對新人步入禮車。

「好man哦！偶像！」有人大聲呼喊，她男友大約沒想到能獲得這麼熱情的鼓勵，害羞得笑了，趴在方向盤上。

不知道為什麼，一直到很久以後，我都還記得這一幕，應該是因為當時在場的每個人都很真摯，讓一件說來普通的事，看著特別的幸福。

如果這是每天的日常，場面或許就沒這麼令人感動，還可能因為平常被接送慣了，難得一次對方不來，兩人就此吵架。

我自己也是很怕麻煩別人的個性，什麼事都盡量自己做，所以有人幫忙的時候就會特別高興。以前養寵物，餵飯換水遛狗洗澡梳毛都自己處理，牠們生病的時候，我也都抱著「本來我就是媽媽，照顧孩子是分內事」的心態，不假手他人。

十幾年來，有的男朋友對動物敬而遠之，從不參與照顧，我也無所謂，可也有人將牠們視為己出。遇到這樣的人，我往往覺得額外感激，有種收到禮物般的驚喜。

不要求，就不會失望，如果得到，就當作是分外的福氣。似乎有點像談戀愛；你不來我不勉強，你若來我倒屣相迎。

將很多事視為自己本來就應該做的，也別將別人給的方便與善意當作理所當然，秉持著這樣的人生觀，心態就能夠變得平和。畢竟我們只是普通人，都怕辛苦，想避免瑣碎；再更進一步說，人都不是完美的，謊言的確存在，自己也具備不堪的陰暗面。

生活中經歷得越多，就越能明白誰都有不容易的地方、不得已的時刻，多一點同理心，就不會對人性有太高的期待。

讓別人輕鬆，是為了自己也好過。

朋友會背叛，愛人會變心，同事會放箭，我們雖然不喜歡這些事發生，卻要把它當作常態，不必大驚小怪。因為我們都只是人，大家都是脆弱的、自私的。有時候儘管不是本意，但還是不可避免導致其他人痛苦。

誰能夠捫心自問，從來沒有傷害過別人，或辜負別人的期待，可你也真的是身不由己，非於自願？所以，在這難免令人失望的世界裡，唯一可控的就是自己。把能做的盡力做好，然後希望風往屬意的方向吹，水朝開墾的管道流。

萬一沒有，那就再來過。

當然，這種心態不是要你對傷害忍氣吞聲，而是生活中的確存在無法防範與扭轉的情況，在它發生的時候，有心理準備總比措手不及來得好。

這或許是個消極的方法，可也最能避免失望。

像我那個爭取外派失敗的朋友，同事雖然說會盡量配合把機會讓出，可他畢竟不是老闆，公司不是他說了算，何況人家也不是欠你的，一開始就沒必要幫這個忙。因為同事私底下答應，就覺得這個機會絕對是囊中之物，未免失於天真。

只有自己能掌握的才是自己的，其他人和其他事，我們都要將它視作變化值，得知我幸，不得我命。聽起來或許有點消極，可我反而覺得，正因為期待值降低，人比較容易快樂。

明白沒有應該的鞠躬盡瘁，誰也不欠誰的赴湯蹈火。那些別人為你做為你想的，才顯得更貴重，都是要加倍珍惜的難得。

昨天的女朋友

其實致秀與我說起來，一開始不能算是朋友，我見過她的次數不多，她是我同事齊魯的女朋友，兩人異地戀，住在飛行距離相隔三小時的城市。

齊魯的異性緣很好，長相雖不是驚為天人，但也算端正順眼，勝在說話風趣、細心體貼，總能用幾句話把女孩子逗笑。大家同公司朝夕相處，我們對他的招數早已免疫，但公司新進的小妹妹往往神魂顛倒，視他為男神。

齊魯並不隱瞞致秀的存在，事實上每次她來，兩個人還會一起參加公司聚會。我們都知道齊魯有個漂亮的女朋友，他的辦公桌上也大方放著兩人的合照，頭碰著頭那種、關係不言而喻的照片。

第一次見到致秀的時候，是在公司的春酒，大部分人都已經在餐廳坐下了。齊魯先走進來，致秀臨時接了個電話，晚了幾分鐘才跟上，一推開包廂門，就看到齊魯被幾個年輕女孩包圍，男神男神地叫，他轉頭見到致秀，連忙拉著她向大家介紹。

致秀和我們點頭，笑著說：「大家好，我是致秀，齊魯今天的女朋友。」

Roxy一口酒嗆在喉嚨，我哈哈大笑，齊魯滿臉尷尬，只能不好意思地抓頭。

我喜歡能自嘲的女人，當下就決定要和她成為朋友。

致秀是很得體的，雖然認識了我們，但她知道分寸，並不向我們打聽齊魯在這裡的種種行為，免得我們難做。遠距離戀愛，安全感最不容易維持，齊魯又不是剛毅木訥型，她能這麼全心全意信任，我們都認為很難得。大家私下也討論過，認為或許也因為致秀有相當的自信，不是都說嗎，引力比阻力強大，與其每天提心吊膽，防火防盜防小偷，不如放開心胸，盡心盡力愛自己。

事實上，圍繞在齊魯身邊的花花草草，也真是不如她；我不單指外型，致秀對齊魯的包容度，就沒幾個人比得上。

有次致秀來，我們幾個熟朋友一起聚會，酒酣耳熱之際，齊魯把我拉到一邊，給我看他的手機，上面是某人與他的對話，對方執意要過來參加，他死命勸阻無效。

「米琪，我們公司櫃檯？」我很訝異。

他看著我，一臉無辜。

「你和她……該不會？」我用不可置信的語氣問他。

「沒有沒有，只是一起吃過飯。」齊魯慌忙回答。

「那她幹麼一定要來？」我半信半疑。

「我怎麼知道，她說她只想見見致秀，看一眼就走。」他拉著我的袖子。「怎麼辦？」

「什麼怎麼辦？」我有點不高興，甩開齊魯的手。「你女朋友又不是動物園裡的猴子，有什麼好看。」話雖這樣說，過了半小時，米琪還是出現了。雖然她故作鎮定，但不斷往致秀方向瞄的眼角，讓氣氛變得非常尷尬。齊魯為兩個人介紹，米琪向致秀舉起杯子，語氣複雜：「致秀姊果然像照片一樣漂亮。」小女生一仰頭把酒乾了，那可是半杯威士忌，我連忙阻止，卻已經來不及。

「也就靠修圖，現在美女那麼多，我老了，不值錢。」致秀笑笑，回得謙遜又真誠，然後在我們大家面面相覷之下，也乾掉了一杯。

女人很奇怪，對於異性的話往往分不出來真實性，但對同性的一舉一動倒是能明察秋毫。米琪知道致秀看出了自己的意圖，卻沒有想較勁的意思，頓時手足無措，大概是有點後悔今晚執意要來；像是全副武裝準備開戰的戰士，上場後才發現認錯了敵人。

下半場的米琪很委靡，一個人坐在角落喝悶酒，齊魯覺得她發神經，根本不想也不方便與她多說話，其他人更不想蹚渾水，於是任由她自斟自酌，那場面不是沒有一點淒涼感的。

誰知道等我上洗手間回來，淒涼感被超現實取代，因為米琪旁邊坐著的居然是致秀，兩個人有一搭沒一搭地對飲，氣氛還很和諧。

「這是演哪齣？」我拉著齊魯。

「我哪知！」他帶著哭腔回答我。

散場的時候，米琪想當然耳喝醉了，路都走不穩，可她不要任何人幫忙，我們轉頭看齊魯，他搖頭如波浪鼓，一步都不願意過去。致秀上前扶住嬌小的她，用很小的聲音說了句，妳這又是何苦呢？

米琪靠著致秀的肩，哇的一聲哭了。

Roxy對驚呆了的齊魯說：「這是我見過包容力最強的女人。」

他有點慚愧，鎮重點頭。

後來我也問過致秀，那種狀況怎麼能不生氣，她笑笑反問我，生氣有用嗎？

我一下回答不出來，怎麼說呢，這不是有沒有用的問題，人都會有情緒，一個陌生女人來踩場，誰還能平心靜氣？

她搖頭：「一看就知道她是無辜的，我再火大，也知道有錯的人是齊魯。」

那天之後致秀也對齊魯放過話，要他收斂一點，別老是以大情聖自居，逗弄人家的少女心，齊魯承認有錯，但他辯稱自己無惡意，只是多照顧後輩一點。致秀不和他爭辯，她知道男友的性格，他像個貪玩的孩子，除非自己想改，否則單靠束縛是沒用的。

感情路上，有的人眼光筆直，有的人邊走邊看，致秀想，只要他身邊的還是自己，還往一樣的方向前進就行。

我聽她這樣說，也就沒了轍，別人覺得百思不得其解的關係，扛不住當事人一句我願意。

我發現自己對致秀的評估畢竟還是錯的，他們倆的異地戀之所以能撐到現在，不是因為她信任齊魯，也不在於她自信過人。

她只是非常愛他而已。

後來齊魯真的乖了許多，不再與公司裡的小女生打情罵俏，我雖然一副事不關己的態度，但心裡是高興的；我對浪子回頭抱著觀望的態度，也不怎麼相信奇蹟，可我太希望這世界能給懂事克制的人一個獎品。

可惜我在這個故事裡只是一個無關緊要的人，老天並沒有實現我的心願。

致秀的生日要到了，依照過去慣例，齊魯是要和她一起過的，於是她請了假，加上週末有五天的時間。出發前她發了訊息，說替我帶了東西，找時間碰個面。

接下來幾天，我並沒有收到致秀的消息，我以為她和齊魯正在過甜蜜兩人世界，因此不以為意。有次在公司碰見齊魯，我順口取笑他：「好久沒見到致秀了，什麼時候捨得借我幾小時？」

他帶著尷尬的笑，胡亂點頭搪塞我。

第二天我就接到致秀的電話，我們約了吃晚飯，一坐下來我就發難，半真半假地埋怨她怎麼現在才想到我，最近齊魯也是神龍見首不見尾，兩個人老夫老妻了還那麼黏。

她遞給我一個袋子，輕輕說：「我也很久沒見到他了，他黏的不是我。」

當時我正喜孜孜地低頭看致秀給我帶了什麼，聞言霎那僵住，不知道怎麼反應。袋子裡是她給我買的點心，我曾順口提過一次想吃，沒想到她就記住了，還千里迢迢把這麼易碎的糕點提過來給我。

頓時我想，這麼體貼的人兒，怎麼就沒被好好呵護呢？

我愣愣抬起頭看她，致秀拍拍我的手，本來應該我安慰她，居然變成她安慰我。

她說其實沒來之前，她就感覺齊魯有點不對，他變得很忙，難得有聊兩句的時間，對話又往往很短。請假之前，致秀還問過男友，今年確定要一起過生日嗎？

他的回答是：當然，為什麼不？

這簡單幾個字，讓她一陣窩心。於是她請了假、訂了機票，出發前一晚，致秀又和齊魯確認了一遍，兩人是不是照原訂計畫安排。

「我白天可能沒辦法請假，不過晚上都可以陪妳。」他向她保證。

可等到致秀來了，齊魯沒有一天在凌晨兩點前回家，他滿懷歉意，說臨時有客戶到、自己必須應酬，她表示工作第一，心想接下來就是週末，不急在這一時。

週六一大早，齊魯就被電話吵醒，他匆忙準備出門，在致秀臉上一吻，說公司臨時有事，下午和她聯絡，晚上一定回來陪她吃飯。

她換上衣服，像過去每一天一樣，自己逛街看畫展，經過電影院，她想起有部電影兩人說好要一起看，於是拍了時間表發給他。

齊魯回覆了：「這部電影我不是很喜歡。」

致秀看著手機上的那行字不說話，不需要很聰明的人都曉得，他不是不喜歡這部電影，是不喜歡這個她。

我聽到這裡，猛然明白齊魯昨天臉上的尷尬，桌上兩人的合照，好像有陣子沒見到了。

「男子漢大丈夫，有話為什麼不說清楚？」我很不高興。「爛透了！」

致秀凝視著某處，隔了很久才回答：「也不至於這樣，他只是對我不夠好罷了。」

「妳幹麼現在還那麼懂事？」我更不高興。「罵他兩句解氣也好啊！」

她把視線拉回來看著我，想擠出一個笑，眼淚卻直直往下落，滴到我們面前的火鍋裡。

「有用嗎？」致秀輕聲問我，明明是疑問句，不知道為什麼像個答案。

假期結束前一天，致秀就走了，一個人搭車到機場，婉拒我送她。我很堅持，她笑著說自己不是個孩子，獨來獨往慣了，要我別擔心。

我說我才不擔心妳，我閒得無聊，喜歡開車去機場瞎逛。

可我沒說的是，致秀啊，其實誰不是個孩子，妳只是運氣不好，愛上比妳更需要包容與退讓的他，所以一直努力做個成熟的大人。我不但覺得妳沒那麼堅強，還是個特別逞強的傻瓜。

我不是擔心妳，我是心疼妳。

致秀入關之前，轉過來向我揮手，身形苗條的她人如其名，標致秀麗。不知道為什麼，說好要保持聯絡的我們，都覺得再見遙遙無期。

後來我才知道，齊魯的確另外交了女朋友，一開始他也沒認真，只把對方當作無聊殺時間的異性。沒想到那個女孩子非他不可，每天撒嬌撒潑，占據了他所有工作以外的時間。齊魯說過自己有個異地的穩定女友，可她橫了心要競爭，最後還真贏了。

致秀回去之後，把齊魯家的鑰匙寄回，並將他所有聯絡方式刪除，我和齊魯說，如果他要解釋，我的手機可以借他。

他搖搖頭。

「你就這樣什麼都不說？」

「我想過很多理由和說法，但自己都鄙視自己，覺得呸，騙誰呢？」他苦笑。

「你這個爛人！」不知道該怎麼反應，我決定罵他，盡微薄之力幫致秀出口氣。

他痛苦地抱著頭：「妳以為我不知道？」

可就像致秀說的，有用嗎？

齊魯很快和新女友出雙入對，有次帶她來和大家聚會。這個女孩子條件也不錯，和致秀不同，各有各的好。可能是我偏心，看著她緊勾著男友手臂，像隻小鳥一樣和他討論點什麼好的時候，我總想起並肩與齊魯站在一起的致秀，明明沒碰到他身體的任何一個部位，卻感覺無比和諧。

我們選的餐廳是平時常去的，致秀自然來過很多次，她與我的口味差不多，我點菜的時候，齊魯出了一會兒神，說他那一刻沒想到致秀，我怎麼都不相信。

意外的是，這個女孩很快就和齊魯結束了，沒多久他又交了新女友，也介紹給我們認識。致秀這名字好像只有我一個人還掛念著，不知道這個拚命裝大人的孩子，現在還那麼努力嗎？

過了一陣子，老闆指派齊魯和我一起出差，我們約好當天早上在機場會合，他出現的時候新女友也在身邊，熱戀嘛，依依不捨我也可以理解。

辦好手續之後，我們準備入關，這時齊魯的手機突然響了，他拿起來一看，愣在當場。

「怎麼了？」現任女友從他手中搶過手機，看了一眼，滿臉狐疑。「這誰啊？」

齊魯沒回答她，急急四處張望，神情越來越慌亂，不管入關時間緊迫，馬上就到登機時間。

「齊魯！齊魯！」現任女友叫不回失魂落魄的他，氣急敗壞把手機遞過來給我，尖聲質問：「這是誰？什麼意思？」

那是一張照片，從未記錄的號碼發出，上面是齊魯在機場的背影，他一手提著行李，一手牽著現任，我友情入鏡了半張臉，還拍得挺瘦。

照片下有一行字：願你眼前總有好山好水好風光，身邊不缺好酒好菜好姑娘。

我沒回答，和她一起看著齊魯滿臉悲痛，四處尋找他昨天的女朋友，他拍著身材接近的女孩子的肩，轉過來才發現她們都不是。其實只憑一張照片和一句話，誰都無法確定發訊息的是不是致秀，但不重要，在他心裡，那個印子一直是她。

我以為她在他心裡已經翻篇了，原來只是隱藏得很好。不忍心再看，我轉過頭往海關走。

在過安檢的擁擠隊伍裡，我一直想著那個溫柔逞強的女孩子，到最後都不給別人添麻煩，寧願死忍也不說愛人一句不好，就算神恩賜了擦肩而過的緣分，也笨得不知道把握。

我不怎麼相信奇蹟，可我太希望這個世界能給懂事克制的人一個獎品。願所有的傻瓜，有天都能有不懂事的奢侈，在愛的人前面做一回孩子，有機會任性一次。

給十年後的自己

熙妍妳好：

妳收過無數以這四個字開頭的信，第一次，收件人與寄件人都是自己。

可是這一次，「妳好」不只是制式問候語，我真心想知道，十年來妳過得如何。有沒有持續低脂高纖的飲食，辛苦練出來的腹肌還在不在，家人是否都健康平安，我知道這對妳非常重要，甚至連現在正寫著信的我，都無法想像萬一答案是否定的，妳會有多難過。

曾是拖著行李到處飛的妳，工作上需要面對無數陌生人，如今生活是不是已歸於平淡，身邊有沒有什麼新朋友？抑或還像現在一樣，沒和小學同學們失散。

妳其實是有點任性的，例如社交活動，不因為認識哪些人對自己有益，而特別接近誰。雖然以工作上來說，這一點對藝人毫無幫助；經紀人老希望妳能和一些有話題性的名字連在一起，記者們也總愛將公眾人物結黨成派，可妳還是固執地只和相處舒服的人結交。與二十幾年的老朋友喝咖啡，對妳來說比和某高層吃工作飯重要。

妳沒那麼天真，知道結果為何，卻依然故我，甘於當一個「沒有新聞」點的人。

人難免不羈，也必須有些堅持，只要能明白代價，並付得起就好。希望妳自始至終，都對自己的選擇心安理得。

妳一直要證明的，想追求的，拚命奔跑去觸碰的，都做到了嗎？

身為第二個孩子，從小妳就得特別爭取注意，告訴自己要做得更多，不擅長說不，活在大家的期待中，希望身邊的人都高興，最後忘了討自己歡喜。

我一點都不喜歡這樣的妳。

我知道讚美與誇獎令妳覺得安穩，可我也記得妳為別人奔波時的辛苦，和一再忍讓的無奈。妳每次都說絕不會有下一次，然而下一次依舊破例，如果現在讀信的妳還是這樣的個性，我要鄭重對妳說「停止」，請妳從現在開始當個討厭鬼，從此不再做位濫好人。

如果不是心甘情願去做一件事，而搞得自己又累又委屈，那麼全世界的人喜歡妳都沒用。十年前的妳或許不懂，可我希望現在的妳能體會什麼叫做「可憐之人必有可恨之處」，太過迎合就是一種愚蠢；不該有求必應，而要堅持底線，因為前者只會讓人退無可退，後者才能得到尊重。

妳可以拒絕，妳的付出也沒預期中的那麼重要。不斷證明自己是很累的，我寧可妳一事無成，但我希望妳快樂。我希望妳能明白，大家對妳的設定有好有壞，而無論那些期待為何，妳都要知道自己真實的樣子，並接受它，與它和平相處。

請妳奮鬥，為了真正想要的，不過得不到也可以。

妳常常覺得自己比別人幸運，因此要做得更周到，這樣的想法固然正面，可十年後的妳，應該要放鬆一點；做人不需要對得起誰，能過自己那一關就值得滿足。記不記得妳常提的過程論，所以沒有也沒關係；有時候揮汗邁步的經驗，比做第一個踏到終點線的人重要。

儘管想像力再好，我也無法描繪現在讀信的妳是什麼狀態，也可能是不想為自己設限，因為我對妳有信心，知道無論在什麼年紀，妳都會好好照顧自己，不辜負運氣，能寬容磨難。

年紀越來越大，驚喜就越來越少，可我還是衷心希望妳保有從微小事物發覺幸福的能力，甚至走在路上遇見一隻貓，或是摸到誰家的狗都能開心一整天。自從Toffy牠們走後，妳始終不敢再養寵物，可我知道妳其實很羨慕有毛孩子的人，親近動物一直是妳最佳減壓方式，希望現在妳找到重新開始去愛的餘勇。

一生太短了，沒有膽怯迂迴的時間。

最後我想對妳說，這十年怎麼變化都行，只要妳過得好，不依照別人的標準，而是以自己的定義。

寫這封信的時候，適逢連假，我坐在北京的某高樓房間裡。從寬大的玻璃窗看下去，平常堵得水洩不通的市中心，現在是一片空城，交通順暢得令人不敢相信是中心商業區。這個城市總是灰撲撲的，這下居然放晴了，坦蕩而不冷清，整片蔚藍能看得好遠，像是天空一口氣把煩躁焦慮全部吐乾淨，萬物都可以緩一緩。

所以妳看，日子再緊迫，還是有深呼吸的隙縫。

年華追風，時間煮雨，我們可以穿著鎧甲，但不要丟下少女心。

Chapter

Dinner

你願意為了什麼笨一次

我是一個興趣廣泛的人，這輩子的志願換過好幾個，小時候覺得當記者不錯，得反應迅速靈敏專業，每天都能接收新事物，工作不會枯燥無聊。

有次上課寫作文，我洋洋灑灑寫了一大篇對新聞業的憧憬，拿回來成績很高，老師的評語是「只要有心，一定可以」！

似是而非，有講和沒講一樣，只是當時的我沒看出來。

發作業是班長阿隆的工作，小學六年，我們的班長一直都是同一個。原因很簡單，他功課最好，幾乎沒有考過一百分以下的成績，運動也在行，總是跑步接力的最後一棒。阿隆的品德也沒話講，任勞任怨，實在是做牛做馬的好人選，投票結果每每眾望所歸，以至於後來開學的時候，我們的班級幹部都是從副班長開始選的。

以前我不知道從政是什麼概念，長大之後看到電視上西裝筆挺意志堅定的候選人，一副天降大任於斯人也的神情，忍不住都覺得人家的名字叫阿隆。

在那個大家只記掛著吃和玩的年紀，書都是為父母讀的，我總在上課時偷看小說，把閒書放在抽屜裡有一行沒一行的瞄，在一角的阿隆也差不多，不過他是預習下一節的功課，因為老師講的已經會了。

和我們比起來，阿隆簡直是一隻流線型的飛魚，穿梭在一群悠哉漂浮的水母中間；一樣在海裡，可從他發出來的氛圍，你知道他總有振翅高飛，翱翔在水面上的一天。

那次發作文，阿隆走過我的桌子，瞥見我喜孜孜地看著老師充滿外交口吻的評語，忍不住開口說了一句，記者？妳不行的。

我很不服氣，反問我怎麼就不行了？

他思考了一陣子，像是努力想用我懂得的詞彙與方式表達，最後很為難地開口：「做記者很辛苦的，機動性強，不分日夜，要有新聞靈敏度，發問要有引導性，視角還得公平公正，妳……不太適合。」

那時候大家都只是小學生，什麼機動性靈敏度引導性，這些名詞聽也沒聽過。我雖然內心瞠目結舌，但可不願意輕易透露自己是個白痴，只好逞強反問：「你怎麼知道？你又沒當過記者。」

誰知他比我更驚訝：「這不是常識嗎？」

阿隆和我不同，大概也和多數的小孩不一樣，他的目標明確，從小就知道自己以後要走電腦業，數理化特別強，這三科的老師每次段考的加分題，就是特別為他設計的，因為覺得他「和別人一樣考一百分不公平」。

我從來沒接受過因優秀而被體制遷就的禮遇，直到有次吃拉麵，師傅看我一下就碗底朝天，親切地問要不要加麵，免費！我頓悟，忍不住想起阿隆；原來所謂高處不勝寒，大概就是這種感覺吧！只不過加分和加麵之間的距離，大概是兩百個智商點。

我的記者夢很快破滅了，後來又覺得當廣播電臺的主持人也不錯，還想過開花店做老闆娘、時裝採購、造型師、編劇。後來參加選美，大家都以為我要棄學從演，我卻繼續讀書；等到做了口譯員，又走到螢光幕前；幾年前開始寫專欄，之後出了書。我的人生軌道一直在變，對那種從小就立定志向，一門心思往一個目標走的人，簡直佩服得五體投地。

阿隆高中畢業後就出國深造，一路拿獎學金讀最好的學校，當上博士後得過好幾個獎，後來進了知名公司，職位頗為重要。這些年他對我最常問的是，妳……在幹麼啊？

這種話尤其在我談戀愛的時候，他說得最多。

從小我算是一個循規蹈矩的孩子，最放肆的事，大概就是談戀愛了。雖然只在寫情書下課去福利社約會的程度，但師長說這不算愛情，我可是不依的。讀書時期為了戀愛而戀愛，不過憑感覺交朋友，誰會注意擇偶清單上有幾個勾？可等到出社會，我的腦袋似乎有個部分就是長不攏，找對象只看喜不喜歡，從來不管合不合適。

當然也遇過一些不錯的人，不過現在想起來，並非我特別擦亮眼睛，而是狗運亨通，大部分的時候，我的運氣很一般。

在我熱戀、失戀的過程中，阿隆總是冷眼旁觀，有次終於看不過眼，語重心長地忠告我：「妳這樣不行的。」

我一邊哭一邊回：「所有的不行，只不過是愛的不夠罷了。」

阿隆低下頭，彷彿想忍住笑，但我忙著找衛生紙擤鼻涕，不是很確定。

「戀愛談歸談，妳要用點腦啊！」他抱著雙臂，一副恨鐵不成鋼的模樣，看我一臉問號，他又繼續解釋。

「凡事都需要周詳的評估和計畫，加上準確的行動，才能降低誤差值，提高成功率。」阿隆好整以暇的分析：「先瞭解自己的個性，就能知道需要什麼樣的對象，最後再研究方法，直到達到目標。這就像做研究，妳連問題出在哪都不明白，怎麼去找解答？」

我從大學當掉微積分之後，就沒有再聽過什麼率不率的，一時無法消化這些內容，只能傻傻地反問：「能不能解釋一下，再舉個例？」

他想了想，問我知不知道以前同學小邱的新女友，我點點頭，那是一個身材火辣的混血模特兒，每次小邱發兩人的合照，底下的男性同胞都哀鴻遍野，如喪考妣。

「長得好絕對是優勢，我也承認那種女孩子很漂亮，但就不適合我。」他很認真地解釋：「小邱家裡有錢，有資格負擔外表出眾的對象，相對來說，以後另一半的賺錢能力就沒那麼重要，以後老婆願意工作是興趣，不做也沒問題。」

「我就不一樣，伴侶一定要有工作，兩人一起努力減輕彼此的家庭負擔。對我來說，長相端莊順眼就可以了，何況——」他促狹地睨了我一眼，一邊搖頭一邊嘖嘖連聲，只差沒說我就是個花瓶：「外表最經不住時間，價值每年遞減。」

「我不需要一朵美麗的花，我在找一棵聰明的樹。」阿隆發出智慧的光芒，似乎把一生都展開在眼前，按部就班，胸有成竹。

要是換成其他人，我一定暗自嘀咕，覺得明明就是吃不到葡萄說葡萄酸，可說話的是阿隆，他不是一般人，我知道他是認真的，而且絕對會朝自己計畫的康莊大道走下去。

「那大師您看，我適合什麼樣的人呢？」我急忙發問，有點像病入膏肓的患者向華陀求助；你知道，頭腦特別清楚的人有種魔力，讓人覺得跟著他走準沒錯。花瓶也無所謂了，我安慰自己，還好不是花盆。

他仔細打量我，臉上露出為難的表情。

「妳大概需要一個細心成熟理智，果斷耐心有智慧，不輕易放棄原則，又能勇於承擔的對象吧！」

我哭了，上次聽說具備這些素質的人，是發現新大陸的哥倫布。

果不其然，後來阿隆交了一個女朋友，是他在一個研討會上認識的，對方的學歷就不用說了，薪水也不比他差。

他們很快結婚，沒辦婚禮只登記，據說這對新人都覺得花錢在宴客上太勞民傷財，寧願把時間精神拿去加班。

那天我還是去了，想當面恭喜新人，也想看看他選的人生隊友。新娘穿著一件束腰的白洋裝，全身上下的飾品只有一枚小小的戒指，話不多，偶爾笑一下，清秀的臉上帶著堅毅的神情，一看就知道是個有性格又可靠的女生。

我很高興，覺得阿隆沒騙我，他果然是說得出做得到的人，這個女孩子和他很合襯。我忍不住偷笑，他們金婚紀念的時候，慶祝方法大概是觀賞隆氏企業五十週年ＰＰＴ，詳細列出夫妻兩人對這段婚姻做出的實質貢獻。

誰知道結婚後差不多半年，阿隆的太太就懷孕了，他們家很快充滿了一天一地的嬰兒用品。我去送禮的時候，開門的是阿隆，他一看到我手上提著的大型玩具，就皺著眉說一看就曉得妳沒生過孩子，老挑這些虛的，送這個還不如一年分的紙尿布。

我瞪了他一眼：「放心，你失禁的時候，我一定不會忘記。」

我坐在客廳，看著新手爸媽與小嬰兒奮戰，兩人手忙腳亂，等到阿隆終於能坐下來遞杯水給我，已經是半個小時後。

我看著筋疲力盡的他，濁重地呼出一口氣，忍不住問怎麼不請個保母，鐘點的也好。

他無奈回答：「她不放心，覺得還是自己帶比較仔細，現在我一份薪水要養三個人，目前實在請不起。」

我聽了也覺得無奈，只好拍拍他說，沒關係，會越來越好的，人生往往和我們想像的不一樣。

阿隆看著在家裡轉來轉去的妻子，嘆了一口氣：「是啊，真是虧。」

我心裡咯登一下，氣氛轉為沉重，當然我知道這樣的生活和阿隆規劃的不同，可聽見他實打實地表示後悔，總覺得不太對。

「妳知道嗎？那天孩子莫名其妙晚上大哭，怎麼哄都沒用，我們兩個一晚沒睡，累得站不起來，在窗口看到天空泛出魚肚白的時候，別說她，我都和嬰兒一起哭了，只想問你到底要怎麼樣，以後保證讓你喝酒打架混幫派，現在好好睡覺行不行？」

可能他的語氣還不夠真誠，孩子不買帳，阿隆投降去泡配方奶，把嬰兒交給太太。他拿著奶瓶回來的時候，看見妻子一邊哼著搖籃曲，一邊搖晃著身體，不斷嘗試角度，試圖找出讓小孩最舒服的姿勢。他站在門邊，凝視著瘦了大半圈的太太，眼眶凹陷披頭散髮，心裡一陣難受。

阿隆輕聲問：「這是妳要的嗎？」

妻子愣了一下，抬頭看著丈夫，將碎髮塞進耳後。

「你說這種生活？」她想了想，隨即苦笑：「當然不是，我怎麼也沒想到自己苦讀二十年，沒日沒夜地拚搏，有天會被天職打敗。」

「我也會懷念以前的日子，提著公事包意氣風發，趕著開一個又一個的會。現在我也馬不停蹄，不過是從搖籃到廚房──」她低頭看著自己的手：「每天只能洗奶瓶包尿布，而且沒有加班費。」

妻子的抱怨聽起來很真實，阿隆只能默默點頭。

「可是──」她用更認真的語氣接著說：「我有你，還有孩子，累得想哭的時候就看看你們，不知道從哪個角落，又能榨出一點力氣。」

「她和我一樣，有從小就立下的人生志願，不能說對現在的生活多滿意，但為了家庭，她願意放棄那些規劃好的藍圖。」阿隆笑了，不是帶著得意，而是有些自嘲的：「我不過是一個普通得不能再普通的男人，何德何能。」

我很驚訝，認識這麼多年，阿隆一直是個不卑不亢的人，大家都知道他優秀，他自己也明白，雖不驕，但也從來沒喪氣過。

「我以為娶了一個聰明的女人，結果她最笨，這麼輕易就犧牲。」

我更驚訝了：「原來你所謂的虧，不是指自己啊？」

「……廢話，妳把我當什麼人了。」阿隆挑高了眉毛，臉上又能看見多年前那種，我真為妳的智商深深著急的表情。

「妳這樣，不行的。」

我想起以前那個坐在教室角落預習的少年，眼睛裝著光與無限可能，未知的前方觸手可及，充滿信心。

可就像魯迅先生說過的：「我小的時候，也以為自己會飛，可是到了現在，仍然留在地上，時間都用來補小瘡疤。」

我常覺得，天道酬勤只是一種勵志的說法，不是真實人生，所有的努力都不能確保成功，它能做到的，只是讓你離目標更近一點。快樂是更玄的事了，因為我們的價值觀一直在變，小時候覺得應該拚命追的東西，長大後可能沒那麼希罕，也可能，完全相反。

選擇哪有完美的。

所謂的無悔，不是無懈可擊的決定，而是明白怎麼選擇都可能有錯，但沒關係，我仍然相信，並堅持走下去。

何況路上有你，想到這裡，不知道從哪個角落，又能榨出一點力氣。

誰都能看出來這不是聰明的事，可我願意，笨一次。

不客氣

1.

原來還是晴朗的天，突然下起一陣大雨，雲生手上提著幾個紙袋，明知道是無謂的掙扎，還是慌忙將袋子舉起來遮雨。她弟弟要結婚了，託她去買床品；這件事一般是新娘子自己辦的，畢竟新家、新身分、新人生，誰不想親手打點得周到仔細，一物一器都布置得合心合意？可弟弟的太太年紀雖不小，但心智卻像個孩子，家事一概不會，房間亂得走不進去，地上全是東西，媽媽每天叫女兒起床上班，雙腳好像踏在熱鐵鍋上，得用跳的才能抵達床邊。

提親的時候，據說新娘子破例把房間收拾得整整齊齊，他爸爸經過，忍不住掏出手機拍了張照，彷彿親眼目睹哈雷彗星飛過，老淚縱橫地說真是太難得了。

這樣的人是有福氣的，可身邊的人就累一點，不過雲生也無所謂，她本不是為了小事計較的人，加上送禮購物她可是高手，品味沒話說。買床品和其他東西不一樣，有種奇異的溫馨，她很願意將這項任務攬上身，特別跑遍大小百貨公司，把春夏枕套床單披巾都辦齊。

至於為什麼小她好幾歲的弟弟馬上都要結婚，她還是孤家寡人，這個問題就不能多想了；就像夏末的晚上，照理說不該下這麼大一場雨。

雲生躲在一個屋簷下，望著天空興嘆，這雨來得突兀，卻沒有停的跡象。她看看錶，接近吃飯時間，身後有人說了句不好意思，她連忙閃身讓店裡的顧客出來，這才發現霧濛濛的玻璃上寫了幾個字，原來她停在一間日式小火鍋店前面。

不如進去吃點東西吧！她想，反正時間差不多，回家也是得弄飯，腳上的新鞋有點磨腳，隱隱作痛，雖然不怎麼餓，坐著休息一下也好。

從澳洲回來的時候，雲生被臺北人瘋狂愛吃火鍋的程度嚇到了，路上三五步就是一間火鍋店，麻辣鍋養生鍋涮涮鍋壽喜鍋都有。明明是個夏天熱起來能到三十八度的地方，大家冒著噴鼻血的危險也要在滾燙的湯裡涮肉片，到底是哪裡好吃？日子久了，雲生倒是能體會這種偏好，說真的，哪種料理既能清淡又能重口，適合兩個人對著吃，又可以二十個人圍著吃。

雖然現在的雲生，一個人吃飯的機會比較多。

她走進餐廳，要了角落的位置，放下手邊的袋子，呼出一口氣。她一邊輕揉著痠疼的小腿，一邊研究菜單。一個人吃飯也有好處，什麼都決定得很快，雲生迅速點好食物，環顧四周，這間店她沒來過，生意挺好的，不是週末也有八成滿，應該不會太難吃才對。正當她胡思亂想的時候，視線突然與幾桌之外的一個男人對上，他面露笑意，對雲生舉了舉杯子。

她愣了幾秒，隨即憤慨，不是說好人有好報的嗎？她為了別人跑了一天，最後被雨淋成落湯雞就算了，還讓她在這麼狼狽的一刻遇見前男友羅譽。

老天爺真是一點也不貼心。

只見羅譽遲疑了一下，用手勢詢問她介不介意自己搬過來併桌，現在整理儀容已經來不及了，雲生咬牙切齒地擠出一個微笑，表示可以呀沒問題。

服務生手腳俐落地將他的餐具和小鍋移過來，雲生只能趁亂打開手機前置鏡頭，假裝回覆訊息，草草瞄了自己一眼。還好，淋過雨的頭髮不怎麼亂，妝也沒浮粉，神總算留給她幾分薄面。

「這麼巧。」羅譽笑了笑。「妳也是一個人？」

雲生沒回答，故意左右看了看才開口：「如果有什麼看不見的朋友，千萬別告訴我。」

羅譽哈哈大笑：「不是的，我想妳說不定在等朋友，一會兒就有人來的。」

雲生聳聳肩，表示沒有，兩人短暫沉默，正當她低下頭苦思，想隨便開個話題破解尷尬之際，聽見耳邊傳來一句低語。

「我總覺得，妳身邊就算清淨，也只是暫時，空位馬上有人搶著遞補的。」

雲生一愣，抬頭看了他一眼，羅譽正翻看飲料單，若無其事的模樣讓她不知道剛剛那句話是真實還是幻想。就在這半信半疑的片刻，她點的菜上來了，錯失了回覆的機會，那句當年想講的話，她仍舊沒能說出口。

「或許如此，但能讓我等的，只有你。」

2.

雲生和羅譽交往是五、六年前的事情，當時兩個人都剛從澳洲的大學畢業，雲生準備讀研究所，本來兩人說好要一起的，突然羅家生意失敗，雖然沒負債，但勢必無法再負擔羅譽的學費和生活費，換句話說，他從此得靠自己，不僅如此，還要快。羅譽不是一個很有物欲的人，可一個剛畢業的學生怎麼也不能在物價指數高昂的城市半工半讀。雲生很替他難過，羅譽的成績一向很好，比誰都有條件讀上去；他自己也老說現在大學生一毛錢一打，沒個博士、碩士哪能找到好工作。

羅譽本人倒是表現得挺灑脫，他和雲生說，早點投入職場也好，書幾歲都可以讀。

她點點頭，家裡遇到這樣的大事，旁人也只有表達支持的分。

於是羅譽決定搬回臺北，雲生知道這是必定的，但傷心也是當然的，她幫著羅譽收拾東西，該帶的帶、該丟的丟，整理整理著就哭了。

「哎，妳怎麼了？」他拉著她。

「以後我們怎麼辦啊？」雲生抽噎著問：「大家都說遠距離很難維繫的，我好怕。」

「遠距離？」羅譽有些困惑，隨即不出聲。她察覺了他的遲疑，頓時晴天霹靂。

「你不打算和我遠距離嗎？」剛才是撒嬌啜泣，現在她號啕大哭：「你……你想分手？」

她沒想到幫著他收拾了半天的行李，自己也被歸在該丟的類別之內。

羅譽慌了，連忙解釋：「不是啊！這個……遠距離很難維繫的，妳不是也說了嗎？」

「那是大家說的啊！」雲生氣急敗壞：「我們又不是大家，那你呢，你怎麼說？」

「這……有時差的。」他表示為難。

「我調鬧鐘！」

「一年難得見上一次面……」

「我多飛幾次，錢我自己出！」

「那我不成被包養的小白臉了？」羅譽失笑，半真半假地反問她。

「就憑你？」雲生用淚眼睨著他。「先練出六塊腹肌來再說吧！」

「好好好，練練練。」羅譽將雲生擁入懷裡，摸著她的頭髮哄她。

「看妳哭得像秦香蓮怒鍘陳世美似的。」他嘆了口氣：「妳就認定了我捨得妳啊？」

事情就這樣定了，兩人開始遠距離戀愛，過著早安迎接晚安，冬天連結夏日的生活。一開始雲生信心滿滿，覺得自己一向也不是有公主病的人，不需要男友成天在身邊打轉，最多兩年就能搬回去，這段關係哪有失敗的道理。事實上，雲生第一次飛去臺北見羅譽，中間隔了半年，兩個人小別之後思念更甚，羅譽暫時找了一個翻譯的工作，自由時間很多，帶著她四處逛吃，倒也頗為愜意。

後來，羅譽決定去投考機師，這讓雲生嚇了一跳，他一直是文科生，她怎麼也沒想到他會去和機械打交道，從事充滿按鈕和把手的工作。

羅譽的解釋是，機師不需要讀航空科系，只要考得上，通過訓練就行。他想過了，沒有家庭背景的人，只有專業人士才賺得快賺得多，他不能重新讀法律會計醫科，當機師是最理想的選擇。

「我爸媽為我付出了這麼多年，我想多賺點錢回報他們。」

這話雖然沒錯，可誰不是從生下來就或多或少被家裡關照？現在為人父母也很少期待養兒防老，孩子不回來啃爸媽就不錯了。雲生自己一路讀書也花了不少錢，但她從來沒想過要還給誰，爸媽只希望她活得好；這個好還不是出人頭地，他們的目標很低，她快樂就行。

這是雲生第一次，感受到羅譽與她千真萬確的距離。

但她決定無論如何都要支持他：「很好啊！穿制服的男人更性感，以後可以玩機師空姐遊戲。」

「……妳這是包養包上癮了是不是！老闆開口挺熟練的啊，還角色扮演？」

3.

羅譽發憤讀了幾個月的書，第一次就考上了，訓練是在洛杉磯，兩個人的時差更複雜。雲生很想和他好好聊一下上課和訓練，室友或同學，甚至ＬＡ的風景天氣，什麼都行，可隔著十七個小時，兩人日程重疊的時間實在太少，加上羅謦下課後往往身心俱疲，沒有力氣再與她一來一往想笑點、說俏皮話。

到這個地步，雲生都還是有信心的，羅謦受訓後得和航空公司簽約，也是要回來的，只要最後兩個人都在同一個地方，就還有繼續的可能；看得到目標的路，怎麼算遠呢？

接下來的一年過得很零落，但羅謦告訴雲生這是一個過渡期，等她畢業回來發展，自己也開始飛之後，情況一定會好轉。

於是她相信著，她太願意相信了。

雲生畢業典禮的那天，羅謦當然沒辦法出席，雲生也沒有期待他出現，不過他請朋友訂了花送她，讓雲生非常感動。她拍了照片傳過去，羅謦沒藉機會說什麼花好不好看喜不喜歡之類的話，只發了一個摸摸頭的表情，她更覺得心折。

獻殷勤這件事，訣竅不在於送什麼做什麼，重點是怎麼送怎麼做。送禮後聲淚俱下講解自己有多辛苦東西有多貴重的，很容易弄巧成拙減分。誰能送遊艇飛機大砲呢？收個禮還得閱讀長篇大論的使用說明也太累了。越是不經意不邀功越被重視，不言語的心意才顯得大氣。

送花不是他的風格，而破例總是溫柔的。

畢業後雲生搬回臺北，很快找到工作，開始上班。羅謦也當上副機師，每個月底才知道下個月的值班與休假日。幾個月過去，她發現自己規律上下班的日子和他太不一樣，兩人見面的機會是比以前多，但質量卻比較低。

於是她提出湊幾天休假，跟著羅譽一起飛，到某處旅行的計畫。

他聽了之後，過一會兒才開口：「妳知道我沒辦法讓妳買半價機票，只有直系親屬才能打折的。」

「沒關係啊！我自己出。」

羅譽沉默，這次沒有再開包養的玩笑，他低著頭，語氣帶著為難說：「妳這樣配合我，不覺得太辛苦了嗎？」

雲生隱隱感覺這次談話和以前不同，但仍強笑著回答：「沒關係，我省著點吃，人傻錢多。」

「妳……上班了幾個月，公司有沒有人追妳？」

羅譽突然這麼問，雲生一開始還偷笑，心想大男人吃醋還挺可愛的嘛！正想俏皮幾句，發現他的神情尷尬，視線躲著她，於是心頭一驚。

他不是在打聽假想敵，他是在計畫逃生路線。

「你什麼意思？」雲生不想錯怪了他，鎮定反問，或許也只是想聽他親自說出口。

「沒什麼，妳別多心。」他連忙回答：「我只是想，妳條件那麼好，以前讀書的時候都那麼多人追，現在一定更多人想代替我的位置。」

「所以呢？」她提高聲音。

「我只是覺得，妳多看看別人也不見得是壞事……」看見雲生變了臉色，羅譽轉換口氣：「只是看看，我不會怎麼樣的。」

他一連好幾個只是，顯得自己挺無辜的，但在雲生聽起來有如晴天霹靂，像平白無故丟下一顆炸彈，將她震得七暈八素。

比我要和別人在一起更大的傷害，大概是你去和別人在一起；夠喜歡你的話，怎麼捨得把你拱手讓人。

「其實我這個人也沒什麼好的。」他嘆一口氣，聲音居然還很誠懇：「妳多比較一下就會知道，身邊比我有錢比我帥的一定很多。」

就是因為他聽起來這麼慎重，讓雲生更難過，她知道，羅譽是認真的。

「你想分手可以明說，不需要把我丟包給別人。」

「這幾年我家變化很大，我爸媽結束生意，現在只能靠一點老本過活。」他很困難地解釋：「妳知道嗎？我姊為了想幫家裡，匆忙結婚，嫁給了一個有錢的醫生，年紀比她大一截。出嫁那天我媽哭了，這我能接受。可我一轉頭，看見我爸低著頭流淚，我就崩潰了。」

「我們搬出老家的時候，我爸都沒哭，站得直挺挺的，還一直念我媽哭什麼，公寓房子多好，方便。」

「我活那麼大，沒見過我爸哭，霎那間他在我眼裡好像外星人，只是胖很多。」羅譽想故作輕鬆，語氣卻又驚又痛：「我在未來十年，大概都沒資格好好談感情，不是我不想，是我沒心力。」

「妳覺得我這樣拖累妳，好嗎？」

雖然是商量的語氣，可雲生才明白，羅譽已經決定了。

原來他們不是在廣闊的世界裡，並肩往一個看得見的目標前進，而是在關了燈的房間裡摸索；明明就那麼點大的斗室，兩個人卻團團亂轉，怎麼也無法觸碰彼此的手。

4.

雲生沒有聽他的話。

雖然羅譽讓她去找別人，可她想，她要證明自己的心意，只要他還沒找別人，她就不會放棄。於是她勤勤懇懇地上下班，在羅譽有時間有意願見她的時候，她隨時待命。很快到了聖誕節，她提前問他有什麼計畫，羅譽回答自己那天可能要飛日本，會再和她確認。

「如果你飛日本，我可以過去和你一起過啊！」她立刻要求。

「好，我會盡快和妳說。」這陣子羅譽拒絕她是常態，這次居然答應了，雲生高興得不得了。

這麼一等就到了二十四號，他依然無聲無息，雲生發了幾個訊息都沒人回，電話也不通，最後過午夜十二點之後，他才回覆說不好意思，剛剛在飛機上呢！聖誕快樂。

某種程度上來說，他沒有騙她，隨後雲生看見羅譽發的狀態，他打卡的位置在東京。

新年過後沒幾天，雲生終於答應和一個追她很久的男生交往。

和預期不一樣，她沒有想像中的快樂，也沒有那種現任比前任好太多，以前我是瞎了嗎的覺悟感，她很明白這兩個男生是不一樣的人。不過她真切體會到有人陪有人呵護的踏實感，以前的那些遷就和忍讓，像是心上破了的小洞，雖然癒合的地方有點高低不平，到底是被密密地補起來了。

雲生沒有瞞著羅譽，也沒有特地張揚，不過幾個月後，他還是知道了。羅譽問她是不是有男朋友，她坦白說是，他問對方是怎麼樣的人，她大概說了一下，自己覺得是挺公平的，沒誇大也沒謙虛。羅譽聽了，只回了三個字，挺好的。

從此雲生不再主動聯繫羅譽，她覺得他應該也無所謂，一向都是她在他後面舉步維艱地跟著，眼巴巴地求他回頭看一眼，現在沒人煩他了，羅譽求之不得吧！起碼日子清淨很多。

沒想到過了一陣子，羅譽約她出去，說有事要談。雲生心想這能有什麼事，兩個人好久沒說話了，難道要面對面討論英國該不該脫歐嗎？

結果他還真提到了英國，不過不是脫歐的議題，而是問她要不要趁他飛，一起到倫敦玩一趟，機票錢他出。

「我、我現在有男朋友，你知道吧？」驚愕之餘，雲生只能這麼回答。

「我想，你們在一起時間還短，不像我跟妳這麼多年了——」羅譽看著她：「以前是我不好，不能體會妳的心意，再給我一次機會行不行？」

「你是要我和現任分手，和你復合？」

羅譽有點尷尬，像是知道自己的提議很荒唐，眼神卻不躲避，等著她的回覆。

雲生一時之間不能消化這個訊息，她吐出一口氣，把身體往椅背上靠。

眼前的人她愛了這麼多年，一直在後面苦追，現在她把試卷收起來了，他說不好意思能不能再給我加點時間，讓我補寫。

她以為自己會欣喜若狂，卻在這個曾望眼欲穿的機會來臨之際，分心起來。她留意到隔壁桌的一位大叔，對年輕同事正經八百地訓話，他沉醉在當年勇裡，頭頂的頭髮越說越顯得稀疏，油亮亮的，一定是太激動了。

雲生注視著羅譽，他雖然有點不安，卻還算自然，她明白他不是個信心爆棚的人，最多是個悶騷型，現在能夠提出這種要求，是因為有把握她不會拒絕。

被偏愛是對自我最大的鼓勵，所以優越感一旦消失，空落更為明顯，也難怪羅譽急急地想把她拉回來，能在誰的心中重於全世界，畢竟還是珍貴。

見她長久不說話，羅譽漸漸失去了底氣，他急忙補充：「我知道妳對我沒信心，光說不練也不行，所以我做了一件事，表示我的誠意。」

「什麼事？」雲生很感興趣，忍不住將身體往前傾。

羅譽把一直戴著的帽子拿下來，摸摸自己光溜溜的頭皮：「我把頭髮剃了。」

雲生使勁控制臉部肌肉，要很努力才能不表現得一臉驚恐，隔壁桌的大叔眼睛一亮，似乎很得意有人年紀輕輕和自己一樣禿。

不，是比自己還禿。

雲生無法回答，她很想問羅譽，有問題的是這件事，你幹麼讓無辜的頭髮背鍋？

「我不行，這樣對人家太不公平了。」她很誠懇地看著羅譽，他控制表情的能力沒她好，一臉不可置信。

看著打擊太大、說不出話來的羅譽，雲生發現自己比他更難過，她很快說有事必須先走，離開的時候，腳步卻比想像中輕鬆。她推門出去之前，轉頭看了羅譽一眼，她瞥見他的後腦杓，心想頭型扁的人真不適合剃光。

之後，羅譽再也沒和她聯絡了。

5.

火鍋的白煙從鍋裡熱騰騰地升起，羅譽和她有一搭沒一搭地聊著，彼此更新近況，他現在沒對象，她也是單身。畢竟是曾經那麼熟悉的朋友，她發覺兩個人的默契還在，像是他記得她的飲料不要加冰，她會自動把他菜盤裡不吃的南瓜夾過來。

「航空公司裡空姐那麼多，你怎麼還沒女朋友啊？」雲生邊吃邊問，相信他聽得出她的語氣單純，純粹是好奇，沒有打聽的意思。

「十八層地獄裡妖怪也很多，難道我就要選一個嗎？」他好整以暇地回答。

「我看您還是趁早取一個法號吧！」雲生沒好氣：「以後遁入空門的時候，我去探望也知道該怎麼稱呼您。」

「畢竟妳樹立了那麼高的標竿，我不能讓前任丟臉嘛對不對？」羅譽笑著，這種程度的親暱，雲生是可以接受的，她得意洋洋地回他，好說好說。

「有些事，再久也是沒有變啊！」他突然充滿感觸地嘆了一口氣，雲生心中一凜，說不清什麼原因。

「那麼多年過去了，妳還是買個不停。」羅譽指指她身邊的紙袋，充滿笑意地說。

雲生鬆了一口氣，有點放心又有點失望，她想解釋這些東西不是買給自己的，最後卻只點點頭說，對啊！

她發現自己已經過了追根究柢的階段了，她不在乎發覺事情的原因，也不介意藉口的真假，還有，無所謂別人怎麼看她。

離開的時候，羅譽買了單，體貼地替她拎著那些紙袋，為她開門，在其他人經過走道的時候護住她。兩個人走到門外，雨已經小很多了。

「妳等一下去哪？」羅譽突然問她。

「回家吧！這麼多東西，也不能去哪裡。」雲生聳聳肩。

「我不是妳的搬運工嗎？」他笑了：「難得遇上，想不想去哪坐坐，喝點東西？」

雲生想了想，自己是沒別的行程，東西雖然多，但也是叫個車就能解決的事，何況又不需要她提。正在考慮的時候，腳上傳來一陣痛，她的新鞋又開始折磨她了。她想著，回家就能脫下這雙刑具，躺在浴缸裡舒舒服服地洗泡泡浴。

「算了，我鞋子磨腳一天了，想回去休息。」她扶著羅譽，讓他看自己腳上的紅腫。羅譽點點頭表示理解，伸手想替她叫車。

這時候，門庭若市的餐廳門被打開了，幾個客人正要出來，羅譽連忙將雲生往自己身邊拉，一瞬間雲生的臉靠在他的呢大衣上，聞到了熟悉的古龍水味。

過去的回憶一擁而上，她記得自己曾經孩子氣地把剛化好的妝往他身上磨，把蜜粉滾在他黑色外套上，連連喊著你怎麼那麼香，有沒有羅譽味道的香水，我一定一輩子都擦。

自己曾經真真切切地相信，兩個人會相愛一輩子。

她也記得曾經在大庭廣眾下，哭得像個傻瓜，滿臉是眼淚鼻涕，拉著羅譽的袖子說：「我不介意啊！我可以等，我保證我乖乖地不出聲，哪裡不好你告訴我，我改還不行嗎？你能不能不要丟下我啊？」

羅譽擁著她，不忍而又為難地回答：「不是妳的問題，是我。對不起。」

就像現在的她，也不是不想去哪裡坐坐，喝杯熱美式或是威士忌不加冰，但她真的好累，顧不上再討好誰。

她再也不是拉住愛人的手不放的小女孩，哭著問你怎麼就不喜歡我啊！我這麼努力了，為什麼還是不行？

她明白人生有許多無奈，想解釋卻說不明白。我知道你要的不是對不起或是謝謝，你想要的是我再努力一點，我也想的，可我做不到。而我不想再讓誰失望了，我疲倦得只剩下掙扎的力氣，並不是愛不愛或是針對誰。

關上車門前，羅譽低下身子，想說什麼卻終究還是沒開口，最後只摸摸雲生的頭說：「謝謝妳。」

她還沒來得及問謝什麼，車門就被清脆地關上，司機往前平順地開出去，雲生回頭看，車開出去很遠了，羅譽還在站原地。

她曾經愛過是真的，也願意相信他真的努力朝她靠近，精疲力竭過的兩個人，多年後還能坐下來相安無事吃一餐，也真是挺難得。

可她也是真的，懷念那個團在愛人身上的小姑娘，她愛得那麼沒皮沒臉、理直氣壯，喜歡一個人就一股腦地把珍藏的寶貝都掏出來，說你儘管拿沒關係，別擔心，我還有很多。

現在她沒辦法這樣肆無忌憚了，她望著外套的口袋，一生那麼長，裡面只剩一點勇氣，得小心翼翼，計算步數才能過活。

我的確狠狠愛過你，不客氣。

一百種分手的方法

大家都分過手吧？你們都是怎麼分手的？

一個朋友告訴我，她小時候談戀愛，戲特別多，先在社交平臺上宣布恢復單身，還要確認對方看見了，再把他封鎖刪除。感情結束好像一場賽跑，先衝破終點線的人就是勝利者，狠話成籮成筐，越絕情越厲害。

「好像真的有那麼愛一樣。」她笑著說。

成年人分手不是這樣的，我們注重禮貌，講究大氣，對話得體的才是贏家，即使心裡想罵對方一萬遍爛咖。

一個剛分手的朋友，和前任糾纏兩年多，分了合合了分，每次吵架後都說這回鐵定不回頭，可大家陪她喝個爛醉之後，來接她的是我們剛剛同仇敵愾問候他老母的前男友。好不容易終於斷乾淨了，但據說對方還常私底下說她壞話。

她非常不甘心，問我該怎麼辦，我說妳一個小女生還能幹麼，過得更好就是了，難不成要燒他家祖墳嗎？

可她還是意難平。

前幾天北京下了一場誇張的大雷雨，朋友們都問是不是負心漢集體開趴，雷公顧此失彼，忙不過來。那個閃電交加的夜晚，同室的女生都像一窩毛茸茸的小兔子，抱成一團說好可怕好可怕，只有她衝到窗前探出半個身體，淋得全身是雨，對著天空大喊：「劈！死！他！」

大家手忙腳亂把她拉回來，怕渣男還沒犧牲，她先壯志成仁。都壓抑成這樣了，你說慘不慘？講風度是要付出代價的，成本就是煎熬與死忍。

因此我特別佩服陳曦。

她是一個愛恨分明的人，世界裡沒有好心分手這幾個字。她從不理睬姿勢好不好看，也不在乎被視為錙銖必較，說再見的時候務必讓對方清楚知道她的不滿，哭罵撒潑樣樣來，只求自己解氣。我聽過她在電話裡連續大罵前任，那氣勢之磅礡，我都想跪下和她說對不起。

幼稚也許，但爽也是真的。

陳曦不是小孩子，可對我們這種成年人的分手方式嗤之以鼻，她說死忍有什麼用呢？世界這麼大，撕破臉又如何，在路上遇見的機會很高嗎？

「就算撞個滿懷——」她振振有詞：「難道你不能戴上太陽眼鏡裝盲？」

她說得到做得到，分手的男友沒一個能繼續在她生命裡占有一席之地，所有聯絡方式全刪光；她說她朋友夠多，又不擅長作戲，聯絡名單上不需要不會再說話的人。

「而且忍過頭會內傷，內傷是致癌的。」陳曦很認真地告訴我：「我這麼美，怎麼能早死。」

我是一個拿不起放不下的人，因此把她視為偶像。朋友這麼多年，一向都是她罵我優柔寡斷忍氣吞聲，直到有天風水輪流轉，陳曦交了一個男朋友。這個男的相當普通，實在沒什麼可說的，不過這也很正常；越好的朋友，越覺得你能找到更好的對象。

我唯一肯定她男友江國譽的，是智商。

他很會說話，不是八面玲瓏的油嘴滑舌，而是你丟了一句再簡單不過的日常，他都能花式把球打回來的那種聰明才智。一開始追她的時候，陳曦曾半真半假地向他抱怨，說我怎麼都沒什麼人追啊？是不是長得不夠美？

江國譽想了想，一本正經地回答：「不是不美，是妳成本太高了。」

陳曦愣了一下：「我哪裡成本高了？」

「妳看現在的女生，都要男友買這買那，包包鞋子化妝品，可妳偏不要，妳要感情，這就很貴了。」

聽到這裡，我已經覺得挺難得，這個道理其實我也明白，只是有膽子對喜歡的異性直說的男人還是少的。身邊那麼多有條件的男性友人，他們常抱怨有些女人真麻煩，那些要錢的好解決，不要錢的才難搞。

陳曦一聽不甘心：「誰說我不要包了？天大的誤會啊！讓香奈兒愛馬仕ＬＶ砸死我吧！」

一般人大概不過就是哈哈笑幾聲，但江國譽回了她一句，我去妳的，那妳不是更貴了，自己好好反省一下。

還有一次，他給陳曦看自己小時候的照片，臉圓嘟嘟的，算是個可愛的小男孩，她說哎呀那張臉，看了就想捏，話說回來這二十幾年你發生什麼事了，怎麼會變成現在這樣？

江國譽無奈回答：「這……大概就是被很多人捏了臉吧！」

陳曦是個聰明的女孩子，她很機靈，反應快、笑話多，這樣的人特別珍惜同樣擅長醞釀笑點的人，兩個人一來一往，像配合完美的網球選手，在一堆秀車秀年薪秀肌肉的男人裡，江國譽太希罕了。最簡單的對白，都能讓陳曦捧著手機笑一下午，一直問我他是不是很可愛。

我新買了一個翻白眼表情的手機殼，剛好舉起來對付她。

但我看她的眼神是憐憫的，我知道陳曦陷下去了。我總覺得列得出來的優點，都不是真正喜歡一個人的原因，那些虛無飄渺說不上來的特質，才會決定你是不是愛上他。

她使盡畢生之力，用一切想得到的方式對他好，以前的愛撒嬌小脾氣沒了，說話前仔細考慮，連抱怨都小心翼翼，吵架也是陳曦先低頭道歉，因為江國譽老說她是個長不大的孩子，口頭禪是「這個世界不是繞著妳轉的，妳能不能為別人想一想？」

她覺得自己得更體貼成熟一點，才能讓他另眼相看。

我其實挺心疼她的，但也沒說什麼，因為我知道，所有的身不由己，都是因為喜歡得太多。

可惜她的努力終究是白費了。我們都說愛情不能勉強，這句話是沒錯的，對兩方都是如此；你不能勉強別人去愛，可為了被愛委屈自己同樣沒有用。

在一起一年多之後，兩個人還是分手了，原因其實不清不楚，甚至可以說是挺敷衍的。那天江國譽回家吃飯，不會做菜的陳曦，因為男友不喜歡外食，現在已經能呈上色香味俱全的四菜一湯了。面對滿桌的時間與心意，他沒有舉筷，只說我們分手吧！我要忙的事情太多了，不能給妳妳要的。

到最後，陳曦都不能確定他知不知道她要的是什麼，她以為自己已經表現得很清楚了，她要的不過就是，兩個人好好在一起而已。

這個不難吧？這個你給不了嗎？

照陳曦以前的作風，大概立刻就把桌子掀了，大罵老娘花了三小時煎煮炒炸，你回來劈頭和我說要分手，信不信我現在就用蔥烤鯽魚打爆你的頭？

可她沒有，她很平靜地問江國譽，這樣你會更快樂嗎？

他不敢抬頭看她，點點頭。

陳曦站起來，經過江國譽身邊的時候，她伸出手，緊緊地握著他的肩膀，幾秒鐘後才鬆開。

關上門之後，她踏進電梯，應該要按一樓的鈕，不知道為什麼她上了頂樓。門一開，陳曦愣了一下，啞然失笑，沒慘到下意識要跳樓吧！她心想，愛人丟了，怎麼連腦子都一起壞掉。

她重新按了鈕，老舊的電梯下降得很慢，她突然覺得上上下下的自己好累，感覺人一直移動著，卻老在原地打轉。她的力氣被抽乾了，蹲在窄小的電梯角落，陳曦抱著雙腿，不知道今後還能去哪裡。

「這太不像妳了吧！沒罵人？不封鎖？」我非常驚嚇：「還是妳打算幹一票大的，我會不會有天在社會新聞上看到嫌犯陳×手刃前男友？」

「說到這，我想請妳幫我一個忙。」她笑笑對我說，讓人心裡毛毛的。

「不不不，其實想一想，我們的交情也沒那麼深……」我連忙搖手：「殺人放火的事，妳找別人兩肋插刀好了……」

她白我一眼，從櫃子裡搬出一個很重的箱子，說這是他想要了很久的溼度器雪茄盒，限量的，從英國訂了好久，這幾天才寄到。

「妳能不能替我拿給他，我怕用寄的會碰壞。」她拜託我。

「妳神經病啊！那是個用世上最爛理由之一和妳分手的人耶？」我忍不住罵：「妳還送這麼貴的禮物，有這個錢為什麼不把它賣了，花錢請我吃頓好的？」

陳曦低頭盯著那個超級大的箱子，撫摸著上面美麗的燙金花紋，很久才說：「其實他沒有那麼壞，真的，他人其實滿好的。」

「你知道嗎？有次我參加朋友的婚禮，包了特別大的一個紅包，還發了狀態圈了我朋友，原本是想讓她知道我多為她開心……」陳曦回憶著，說話的聲音很輕，像在描述別人的事：「然後江國譽看到了，他說我這樣做不好，他去朋友婚禮，如果紅包特別大，有人問他包多少，他都會減一個零，怕聽到的人尷尬。」

「很多事不是做了自己高興就好了，他這樣和我說。」陳曦很認真地告訴我：「所以妳不要怪他，他真的很好的，對朋友很有義氣，觀念也很正確。」

陳曦沒有哭，但我哭了，我看著明明心如刀割的她，一手捂著傷口說不疼，一手還奮力揮著替他解釋，說妳別討厭他啊，他沒錯，是我們沒緣分。

「妳那麼愛他，為什麼走得那麼爽快，不再爭取一下？」

她說她也想過的，就在江國譽坐在桌子對面的那一刻，他拚命解釋這不是她的錯，是他愛無能，他不擅長對女孩子好，老是辜負別人。

可是他忘記了，他曾經告訴過她，他以前的某個女朋友脾氣很大，兩個人一吵架，她就立刻轉身走，連車子停在紅燈前，她都能拉開車門跑掉。

那時候他和前女友加入同一間健身房，總是一起去運動，結束後回家。會員費預繳，車子是自己的，出門一趟沒有用錢的必要，因此她的運動袋裡常連皮夾都沒有。

有次吵架，兩個人都賭氣不說話，教練上完課，前女友拿起包包就要走，拉開拉鍊，突然就傻了。

「我的包裡怎麼會有一千塊？」她轉過頭問他。

「我想妳都不帶錢，等等上完課一定不理我，氣得又要跑。」江國譽很無辜地回答：「所以放了錢在裡面，免得妳沒錢坐車，又不好意思和我借。」

「妳看，他不是壞人，真的不是，他也疼過人的。」

「他只是不喜歡我罷了。」

你是好人，我懂的，所以我們對彼此最後的善意，就是都別再假裝了。

其實你明白怎麼愛人，我也清楚知道，你不愛一個人的時候，是什麼樣子。

可我捨不得你，也是真的。

Dinner

我常覺得，天道酬勤只是一種勵志的說法。
所有的努力都不能確保成功，它能做到的，只是讓你離目標，更近一點。

快樂是更玄的事，因為我們的價值觀一直在改變，小時候覺得應該拚命追求的東西，長大了可能沒那麼稀罕，也可能完全相反。

但，選擇哪有完美的？所謂的無悔，不是無懈可擊的決定，而是明白怎麼選擇，都可能有錯。

可是沒關係，我仍然相信，並堅持走下去。

何況路上有你，想到這裡，不知道從哪個角落，我又能榨出一點力氣。

#掃碼聽熙妍跟你說話

我們都被曖昧害了

我常常覺得，現在人談戀愛的用戶體驗太差了。

已經結婚的不算，放眼望去，我身邊還單身的朋友們，不分男女，每個人都抱怨找不到對象，我本來也信以為真，後來我才知道，他們不是真的孤單寂寞空虛冷，這些人的約會節目可多了，他們指的「沒對象」，只是「沒有好的對象」。

尤其條件越好的人越是謹慎，把每段人際關係分得清清楚楚，撩撥曖昧約會交往都是不一樣的等級，還往往對象也不同，很多朋友都告訴過我，現在的人要以功能性區分，聊天談心的是某幾個，吃喝玩樂的屬於另一些，養眼好看的又不一樣，可靠溫柔的再分門別類。

「沒有以上都具備的嗎？」我問。

「有我還單身？」每個人要的雖然不一樣，可這次他們有志一同，沒好氣地回答我。

這是一種惡性循環，大家都學乖了，既聰明又有遠見，不把雞蛋放在同一個籃子裡；現在流行的戀愛方式是輕巧的愉快的，人人都想偷懶，只選對方身上自己最需要欣賞的那塊，其他缺點一概無視，也不願意買單。反正誰也沒非誰不可，現在生活節奏那麼快，認識新人的渠道又多，這位不適合，那就下一個。

可是所有人際關係都是一樣的，沒有付出就沒有收穫，誰也不是傻子，都能感覺得出誠意的多寡，於是你給的不多，他還得更少，經驗越來越索然無味，大家都像坐旋轉木馬，頭暈腦脹又不甘心下來。

一位長相工作個性都能打八十分的男生朋友曾百般無聊地對我說，現在他約會的心態很麻木，訂熟悉的那幾間餐廳，帶化了妝都很像的女生出去，做閉上眼睛感覺不出差別的事．最後兩人用同樣的方式失聯，還能不傷和氣，彼此心照不宣。

「怎麼女人都像一個模子裡刻出來的，打扮說話行為都是？」他神情厭世地嘆了口氣，接著又苦笑自嘲：「不過我在她們心中，大概也不是無可替代的吧！」

我雙手抱胸仔細打量他，三十出頭的金融男，名校畢業開一臺歐洲車，每週健身三次維持體態，在市區有一套不大不小的房子，看起來算條件不錯的對象。

可是就像所有條件好的男女，他的時間精神和錢都投資在自己身上，付出只為了顯得得體，有空先留給兄弟朋友，人倒也幽默風趣，可那些笑話已經對不同的人重複過三百次。

這樣的用戶體驗，真的滿普通的。

大概是需要一心多用吧！現在的人不願意也不甘心專注在一個人身上，大家都很自愛小心，或許太小心了，很多時候我看遍朋友的所有社交版面，都分不清楚他們到底有沒有對象。

我有個男生朋友，從不發和異性單獨的照片，有次居然破天荒放了一張和女生的自拍，大家嚇得以為他手機被盜。

「沒辦法，女朋友逼我的。」他非常無奈。

「你有女朋友！」我們非常驚駭。

下面按讚留言的數量爆表，其實充其量就是一張普通合照，連勾肩搭背臉貼臉都沒有，實在沒必要大驚小怪。

我的表嫂是吳尊的粉絲，有次旅行在酒店吃早餐的時候遇見偶像，很興奮地上前要求合照，親民如吳尊當然實現了她的願望。

只見照片上的吳尊戴著墨鏡，穿著背心與夾腳拖，當然帥還是帥的，但他一臉茫然與客氣，手上還拿著裝有幾片生菜的盤子，和旁邊笑靨如花興奮至極的表嫂形成很大的對比。

我朋友被逼著晒的那張合照，讓我想起當時的吳尊，如果他臉上有寫字，大概就是「粉絲服務」。

但大家紛紛表示此舉絕對是真愛無誤，那騷動的勁兒，讓我不知道哪個比較可憐：是我不甘心被宣示主權的朋友，還是發張和異性的自拍就是驚天動地的奉獻，壯烈有如死守四行倉庫的現代感情觀。

「因為他斷了後路。」一位共同朋友語重心長：「公開感情狀態等於自廢武功，這不是天大的犧牲是什麼？」

「可是他本來也沒有和別的女生怎麼樣啊！」

「要不要和可不可以是兩回事，不留餘地是需要勇氣的。」

別說旁觀者，有時候當事人都搞不清楚自己遇到了什麼狀況。

一個女生朋友最近失戀了，不過大家都不知道該不該安慰她，因為從頭到尾她和那個男生都處於好像在一起又差一點點的狀態。

兩人平常約會有時會牽手，一些身體觸碰也沒有少過，就算不是每天，也會隔一天向她問好，每週起碼見一次面。生病了對方會噓寒問暖，但沒提過送藥或帶她看醫生，出去約會吃飯喝酒他爽快買單，但逢年過節不送禮物，當然她也不好意思問。

「那妳送過他禮物嗎？」以示公平，我這樣問她。

她點點頭說有，聖誕節的時候她準備了一條純羊絨的圍巾，上面還特別繡了男生的姓名縮寫。但她不好意思送得很隆重，於是拿給他的時候還半開玩笑說，馬上要過新年，替客戶辦禮物就順便替你選了。男生既開心又訝異，連連說「妳幹麼送我禮物，我沒有過節的習慣」，過幾天回請了她一頓很豐富的晚飯。

其實說吃虧也不至於，畢竟那餐價格大概和禮物差不多，但不知道為什麼，她總覺得有點委屈。不過她後來想想，一個大男人一本正經為聖誕節準備，畢竟有點太細膩了，反正她生日也沒到，他還沒有發揮的機會。

這件事就這樣翻篇了，然後到了新年。

眼看時間越來越接近十二月的最後一天，對方遲遲沒有表示，她終於忍不住開口問他有什麼計畫，男生不以為意，說大概是像每年一樣，和一群朋友喝酒看煙火吧！

她強忍著怒氣：「你都沒想過要和我一起跨年嗎？」

「可是，我們這邊都是男生，妳來會無聊吧？」他有點遲疑。

「那我們可以自己過啊！」

「就我和妳嗎？」男生反問，顯得很為難，不過她後來說，令她失望的不是對方沒有安排，也不是他的不知所措，而是他臉上真實的驚訝，像是她提出了什麼天方夜譚似的建議。

他壓根兒就沒想過，和她有那樣的交情。

接下來兩個人就很淡了，剛跨年那幾分鐘，他還特別傳了信息祝她新年快樂，不是群發的那種，她也很禮貌回了，心裡知道彼此大概就到去年為止。

沒有眼淚鼻涕，也沒有誰對不起誰，大家都很有風度，再見亦是朋友。付出多少和在乎程度是成正比的，不曾刻骨銘心，也就雲淡風輕。以後她和他就是對方手機裡靜靜躺著的名字，用英文來說，就是someone I had something with.

這種橋段比目睹十八、二十歲就出來party的女生更讓我自覺過時，每段若有似無開始、不痛不癢結束的關係，都讓我感嘆自己是來自石器時代的人。

以前的人不是這樣談戀愛的。

我有一個大我好幾歲的學長，他很喜歡隔壁學校的一個女生，每天放學在她校門口等，可那個女孩一次都沒有上他的車。學長使盡渾身解數追求女神，包括苦練籃球好在場上狠蓋情敵的火鍋，買通她身邊的幾個好朋友。逢年過節準備禮物不在話下，心上人收不收還取決於禮物不能太貴重。

他追了她很多年，直到她大學畢業，他們念的不是同一所學校，當天他自己穿著球鞋和學士袍去參加畢業典禮，一領完證書就飛奔上車飆到女孩的學校禮堂，只為了在她拿到證書款款下臺的時候，他能剛好把花獻上。

我們從來不知道畢業典禮還有續攤的。

學長其實條件很不錯，有好幾個女生曾對他明示暗示願意當他的女朋友，可他正眼都沒瞧過別人，一心一意只喜歡她。

最終女神沒有和他在一起，選了個客觀條件都不如他的男生，大家都不知道為什麼。

失戀的那一晚，學長喝多了，強迫朋友們開車帶他到女孩家門口。大半夜的燈都熄著，看不出來她在不在家，學長醉得站不住，也不要人扶，最後跪在門前的草皮上，嘶聲力竭高喊我到底哪裡不好，妳為什麼就是不喜歡我。

那是一個零下負五度的大雪天，漆黑的夜空飄著雪白的結晶，把所有人的頭髮和肩膀都沾滿。我們圍在學長身邊不敢說話，像在舉行一場無聲的葬禮，埋在冰凍之下的，是一個人獨力支撐了好幾年的感情。

你知道，誰年輕的時候沒幹過一些當下不覺得蠢，多年後一見面就拿出來互相取笑的傻事，半夜喝醉了跪在女生家前面大喊大叫，這種連偶像劇都編不出來的情節，本來應該是一輩子的汙點，七十歲大壽之際才被允許舊事重提。

可是那個晚上沉重地壓在每個人的心上，我們比他更想早點忘掉太真切的痛苦，旁觀者反而比當事人更願意粉飾太平。

那時候不流行打落牙齒和血吞，也不忌諱秀恩愛死得快。裝大度被過譽了，也沒有那個必要。也許行為狗血一點，但愛和痛是有見證人的，沒參與的路人在一旁都看得心驚肉跳，不像現在，很多時候現場只有你和他，但兩個人都不知道這段到底算什麼，最後只好統稱為曖昧對象。

我想我心底還是一個老派的人吧！忍不住懷念以前那種交了男女朋友恨不得詔告天下，分手了把對方徹底刪除的時代。既然沒有未來，那就不留餘地，不能在一起還做什麼朋友，我沒有那麼缺人玩。

我當然知道誰沒有誰都活得很好，失戀了地球照樣會轉，大家如常度日，用情感專家的各式金句安慰自己要過得漂亮充實，更好的在後面等。

但我總記得那個得不到愛的學長，深夜在大雪的街邊喝醉痛哭，大家面面相覷不知所措，只能枯燥笨拙地安慰他人生還很長，天涯何處無芳草，何必單戀一枝花。可無論我們怎麼勸，他都埋著頭低聲嗚咽，說像她那樣的，沒有了。

那是很多年前的事了，當年的女孩如今已是兩子之母，我朋友到現在都沒有結婚。

像妳這樣的，沒有了。

代替世界還給你

我被搶了，而且還不能報警。

事情是這樣的，我是一個非常沒有偏財運的人，不擅長任何賭博遊戲，象棋、圍棋、五子棋的技術都很差，就連抽獎或刮刮樂都沒中過，更別提麻將這種高度耗費腦力的國粹了。這是一個恥辱，因為我出身在麻將世家，長輩們各個身懷奇技，但慚愧如我，無法將家傳絕學發揚光大，簡直能聽見祖宗八代在棺材裡翻滾扼腕的聲音。

在我心中花三小時打麻將就是浪費時間，還不如花三分鐘去吃碗麻醬麵。

可每年農曆春節，我還是免不了被喊上桌，通常是家裡實在缺人了，不得不拿我充數，反正我爸的號碼在我手機裡儲存的名字是the King，抱著發紅包給長輩的心態，我就當向皇上進貢；何況他的技術其實說穿了也只比我好一點點，每次都贏是因為我媽讓了他幾十年。

直到有一次，幾個多年的女生好友突然打來，破天荒找我去打麻將。她們都是專業級，我比起來就是一條雜魚，連戰力都談不上，平常再怎麼缺人都不會想到我。

那天有超級強颱，外面暴雨傾盆，我實在不想出門，於是推說肚子餓，還沒吃飯。

「還吃什麼飯！我們這裡什麼都有，餅乾巧克力冰淇淋洋芋片，吃到飽好吧！」佳佳沒好氣地說。

「可那些我不能吃……」我弱弱地抗議。

「那替妳叫外賣，想吃什麼快說，等妳到這裡飯也來了，剛剛好。」

「這種天氣叫外賣太不人道了，而且我牌打得那麼差。」我試著做最後掙扎：「和妳們根本不是一個量級，打起來也沒意思。」

「寶貝。」手機那端換了一個人，我認得是江玲溫柔的聲音：「我們不是真的想打牌，大家是想妳了，一起聚一聚，聊八卦喝香檳吃東西，重要的不是輸贏。再說，我們像是欺負妳這種新手的人嗎？」

用新手這個詞還真是一個褒獎，但我心裡一陣暖，喜孜孜地說好，在狂風暴雨中花了一個多小時終於叫到車，往美酒美食美女們奔。

那天是我這輩子最後悔的幾件事之一。

一開始還好，我進門就看見食物堆山積海，粥粉麵飯零食飲料酒，三個女生坐在麻將桌旁邊，一見到我就歡呼，給我熱情的擁抱。

可是之後的幾小時有如一場惡夢；老人家都說不要相信漂亮的女人，老人家都說看起來太好的事一定有問題。

老人家是對的。

會打麻將的人都知道，要能玩在一起，技術差異不是困擾，牌品和速度才是關鍵。我對輸早有心理準備，但我萬萬沒想到她們每個人出牌如閃電，我連全部綠色方塊都還沒排成直線，其他三位就已經把不要的牌扔在前面。我還在努力將圓形與直條分開，她們已經吃牌碰牌。直到現在我都不明白，為什麼大家不但知道自己需要什麼牌，連別人在等什麼都能算出來。

她們本來很有耐心，不會催我，等到幾風之後，江玲開始禮貌性咳嗽，佳佳敲起牌尺。

「小姐，隨便打一張廢牌就好啦！再這樣玩下去，我們都要睡著了。」

我手忙腳亂，丟出了一張六萬。

「謝謝老闆！」佳佳迅速把牌一倒，手勢漂亮熟練俐落。

「妳怎麼可以這樣！」我哀號：「是妳要我打不要的，妳還胡我！」

「關我什麼事，我怎麼知道有人把六萬當廢牌？」她白我一眼。

洗牌後很快又該我出牌，這次我學聰明了，丟了一張東風。

「哈哈哈，就等這張！」佳佳笑得東倒西歪，她居然又胡了。

「大字也胡，妳還是人嗎？」我罵她。

「這次真的是我的錯。」她聳聳肩：「牌太好了，我也沒辦法啊！」

那天佳佳獨贏，但大部分的進帳都是我貢獻的。她很大氣地表示不能欺負新手，必須給我打個折，我感激之餘，發現就算她算我半價，也花掉了我身上全部的現金。

可我最沮喪的不是輸錢，是我後來才發現，從進門開始到離開，別提零食香檳了，我一口水都沒喝到。她們用的是自動麻將桌，洗牌超快，我大腿上放了一包洋芋片，但過了三小時都還完好如初，根本沒有時間和機會拆開。所謂的八卦和談心當然也無法參與討論，忙著排牌的我手忙腳亂，與數字組合搏鬥，什麼都聽不進去。

回家的時候，颱風依然在窗外肆虐，好不容易叫到車，我嘗試撐傘，但暴雨橫著來，我被風吹得幾乎是九十度傾斜，傘往上翻飛成倒V型，瞬間它決定放飛自己，尋找人生，留下我在原地淋成落湯雞。

還是隻一窮二白的雞，身上一毛錢都沒有，車費是我家樓下管理員代墊的。

好不容易站在家門前，我人累心灰，連掏鑰匙的力氣都沒有了。

J聽見門鈴聲，興匆匆地來開門，正想問今天戰況如何，見到全身溼透的我，一臉懵呆，他驚呆了：「妳們改去跑馬拉松了嗎？」

誰在颱風天跑馬拉松啊！

我用哀怨的眼神望著他：「能不能……幫我煮個泡麵？」

之後聽完我的遭遇，他很同情地摸摸我的頭：「下次不要去了，直接轉帳給她們就好。」

縱然輸得那麼慘，之後的幾天我看見她們都氣得大罵交友不慎，讓佳佳笑得花枝亂顫，可當J這樣說的時候，我毅然決然表示下次還是會心甘情願去湊數。

他用驚駭的表情看著我。

「輸錢沒關係。」他痛心疾首：「但不能輸掉志氣，就算志氣也沒了，還得留著智商啊！」

我點頭表示明白，但又搖搖頭。我沒說的是，那天是佳佳失戀第三天，她本來準備結婚的男朋友，劈腿了她的健身女教練。

那是她最黑暗的時期，一個女人讓她流汗，一個男人讓她流淚。

人生的旅程上，誰都不能知道什麼時候會絆倒，感同身受其實只是一種說法，事實上誰都無法真正體會你的痛。朋友能做的太少；我打不過佳佳的教練，又覺得不好好結束感情再開始下一段的人，連被我罵都不配。

可是起碼我還能陪在你身邊，就算手忙腳亂，或許語無倫次，可能洋相百出，但絕不會讓你一個人。

因為我始終相信，愛只有兩種表現方式，一是花錢，二是花時間。

他不愛你，可能你現在都不怎麼滿意你自己，但我可喜歡你了，喜歡得不得了，喜歡得風雨無阻，不害怕閃電打雷，喜歡得身無分文都可以，飢寒交迫也能忍。

世界絆了你一跤，我無法替你出氣，回它一記飛踢。

可你還有我，這件事這麼重要，你千萬別忘記。

請你別揮手，我一定不回頭

很多時候，我都覺得對的時間比對的人重要。

可大部分的人都不這麼認為，我們常聽人說尋找Mr. or Ms. Right，列出種種條件，但其實，在錯的時機出現再對的人也沒有用。

這個道理，是小潭教會我的。

用我的詞彙來形容，她是個戀愛用戶體驗很高的人，喜歡一個人就會盡力對他好，隨傳隨到，訊息秒回，用心營造氣氛，儀式感一樣不缺，有時間一定把男朋友排在前面，總而言之，和小潭談戀愛，是一件很幸福的事。

小潭有個男朋友叫做高承磊，我是數字白痴，對有理財概念的人特別尊敬，不知道是不是因為做投資的緣故，他總給我一種冷靜理智的感覺，就是大家都在那邊又叫又笑，高承磊永遠不投入，天塌下來他大概都只會挑一挑眉說，啊。

如此寡淡的氣質當然和暖系的小潭不搭，但她就著迷於他那與世界隔著一層玻璃的距離感。於是我們總看見她前仆後繼地黏著高承磊，下班要見面，放假想旅行，節日希望有點形式，寫張卡片都可以。

十次有八次，高承磊都無法配合小潭，他也不是故意的，工作應酬還有家人朋友，大概是真的很忙，其實和我們身邊的男性朋友印證一下，也就是一般成年人的生活狀態。

小潭一開始不明白，兩個人對感情重要性的排序不一樣，因此常起衝突。她不停討要而不得，儘管越戰越勇，當然也會失望，高承磊往往嘆氣，說妳能不能長大一點。

他們吵架的時候我見過——如果那也能算是吵架的話。

只見她眼眶發紅，死忍著眼淚對男友解釋，說我就是這樣的人嘛！和你要時間是因為喜歡你，我又沒有討禮物或讓你接送，你多陪陪我就可以了。

這樣的要求，漸漸越變越卑微，我甚至聽過小潭對高承磊說，我說想你的時候，你能不能起碼回一句「我也是」。

「你發顆糖，我就能開心好多天，我很好哄，真的。」

高承磊的表情非常歉疚，但也沒說什麼，只是不停重複，妳別難過了。

沒看過被害人比肇事者更著急的。

道理很簡單，小潭把自己像一張地圖攤開在喜歡的人面前，拉著高承磊的手導航，因為她心底很清楚，他沒有意願探路。

連忙解釋的，永遠是比較在乎的那方。

有次她和男友高承磊起爭執，冷戰了三天，對小潭來說可是前無古人後無來者的紀錄。不過倒楣的是我，因為她一下班就泡在我家訴苦，我一邊看新聞一邊嗯嗯啊啊敷衍她，直到小潭突然給我看乾枯的髮尾，幽幽開口，妳看我的頭髮都是分岔。

我大喜，心想天可憐見的，我一片丹心照汗青，終於可以聊和高承磊無關的話題，正要推薦好用的髮膜給她，誰知道她接著委屈地說：「就像我和他的未來一樣。」

可能我是一個鐵石心腸的人吧！我立刻改變心意，想拿一把電推剪，颼颼颼把她頭髮剃光。我的心不在焉，來自於對小潭的瞭解。她生高承磊的氣永遠撐不久的，他簡單一句「在幹麼」，立刻就能瓦解她所有防線。

於是我們總看見小潭在這段關係裡生氣勃勃地撲騰，高承磊懶洋洋地應對，她付出十分，他回應一半，不過這五分也已經夠小潭開心了。她對我說過，高承磊就是這樣的，男人嘛！哪有把感情放生活第一位的，他們總有更重要的事，只要我不是被其他女人代替就行。

很多女人都覺得，一段關係裡最大的敵人是另一個同性，但其實不是這樣的，愛最大的弱點是時間；而且不是感情撐不過時間，是對的人出現在不對的時間。

小潭實際上算是很懂事的女朋友了，她從不以感情專家的金科玉律來要求高承磊。那些男朋友不怎樣怎樣就是不夠喜歡妳的守則，不是她評量愛的標準。想深一層，與其說是懂事，小潭應該是心虛；她很清楚雙方在天秤兩端的比重，所以沒有底氣討要。高承磊能給的就是這麼多，再逼下去，他就會想逃。

於是她將自己的願望簡化至最基礎的程度，就是待在高承磊身邊，看著他做一些很瑣碎的事，即便是對著電腦埋怨煩人的客戶，她也是開心的。

可高承磊不是這樣想。

有次大家去看電影《La La Land》，最後男女主角沒能在一起，我們都覺得遺憾。小潭在結尾的時候哭了，高承磊帶著不解，問這有什麼好哭的。

「他們那麼相愛又互相瞭解，最後分開了，你不覺得很可惜嗎？」

大家在電影院門口閒聊等等去哪裡，高承磊在角落抽菸，好一陣子才淡淡回答：「人生就是這樣，不是每個人都能和最愛走到終點的。」

他說得很小聲，除了我和小潭，大概沒人聽見。小潭愣了一下，急得顧不得擤鼻涕，鼻音濃重地問，你什麼意思啊？

高承磊笑了：「沒什麼，說說而已。」

小潭有點不安，像賭氣又像是發誓：「我不行，我絕對要和最愛在一起。」

高承磊摸摸她的頭說嗯。

我繼續和朋友們談笑，但心裡很替小潭淒涼，女生在這個時候想聽的不是這個，不是很好啊，不是加油哦，是當然，我們一定會這樣，不分開。

就算是甜言蜜語，也比沒有來得好。

不過情侶有很多相處方式，比較誰愛誰多是沒有意義的，更多時候根本不是多少的問題，是表達方式。小潭是燃燒型，高承磊冷靜自持，大家不都說互補嗎？這樣一進一退，說不定也能走下去。

我是這樣想的，直到意外認識高承磊的前女友。

那是一個工作場合，我拍完照，站在一旁看當季新品，漂亮的品牌公關過來和我聊天，我們互加了聯絡方式。現在社交平臺有點太周到了，立刻秀出兩個人共同認識的朋友，她看見高承磊的照片出現在頁面，好奇問我，妳也認識他啊？

出來做事的人是這樣的，在判定風向之前，模擬兩可是最好的態度，畢竟誰也不知道發問者和那個人是什麼關係。我曾經被一位阿姨問是不是和某個女孩子很熟，當時我涉世未深，傻傻回答「對啊，她是我好姊妹」，結果那位太太很有風度地微笑說：「好巧，她是我丈夫的女朋友。」

之後我就學乖了，於是我點點頭，說只見過高承磊幾次，他是我朋友的男友，我們不太熟。

她做了一個恍然大悟的表情，偏著頭想了想，笑著說：「那很好啊！他這個人，挺特別的。」

我想起愛得很累的小潭，心想這樣形容高承磊也沒錯，於是我點點頭，自以為和對方心照不宣。

「高承磊是個好人，就是太黏了。」漂亮的公關喝了一口香檳：「妳知道我們這行，辦起活動來沒日沒夜的，他老和我吵，說我陪他的時間不夠。」

「那時候剛入行，事業第一，我實在沒辦法給他想要的，有次他開車接我下班，怕我餓，天寒地凍的，他帶著消夜在公司樓下等了快三小時。」她低頭苦笑：「現在回想真不應該，後來事業有了，卻再也沒遇到對我那麼盡心盡力的人。」

我瞠目結舌，完全無法把她口中形容的人，和現在的高承磊連在一起。

「妳朋友滿幸運的，好好珍惜他。」或許是感覺說得太多，她很快走開了。我在震驚中轉身，看見今晚陪我出席，在背後把剛剛的話全部聽進去的小潭。

她呆在原地，沒掉眼淚，卻也不動，一直要我拉著她走到街上，小潭才懂得哭。

大家都說現在沒有人除卻巫山不是雲了，不可替代是太過時的事，可諷刺的是，當有人親身證明真的能愛得那麼深刻的時候，你卻沒立場感動，只有撕心裂肺的痛。

原來他不是不會愛人，原來他不是覺得感情不重要。他也掏心掏肺過的，只是現在空了。

小潭愛上了一片沙漠，再怎麼灌溉也於事無補，成噸的水澆下去都瞬間消失在砂礫中，一點企圖萌芽的綠意都沒有。

和一個已經向現實低頭，接受最後並非最愛乃是常態的人，還有什麼能計較？

後來小潭就和高承磊分手了，過程意外地很平靜，像是一件早知道結局的事，只是不知道為什麼拖到現在才發生。

我問她恨嗎？她想了想才回答我。

「你們都不知道，其實我不是像大家看見的那麼貼心懂事，我也鬧過的，也哭著問過高承磊，罵他沒有良心，為什麼不能對我再好一點。」

我點點頭，覺得小潭這樣也沒錯。

「他一直道歉，說會再試試看，他不是一個善於說謊的人，我看著他的眼睛，知道他是誠心不想我總是那麼委屈，那一刻的他，真的是很溫柔的。」

「可是他沒辦法，人是會燒完的，他在別人那裡揮發掉，一點也不剩了。」小潭低頭攪拌眼前的咖啡：「我一直以為高承磊天性就是如此，直到聽見他前女友口中形容的人，才知道自己現在觸碰到的暖只是餘燼，不及他以前眼裡的一點光。」

「所以妳問我恨不恨，我恨的。」她抬起頭看著我：「我恨自己為什麼要逼他，明知道他再努力也不過是那樣。」

「我固然覺得被虧待，但遇上路邊不斷和他伸手的乞丐，他翻遍全身上下，口袋卻空空如也，一定也不好過。」

我發現自己錯了，我以為小潭只是個缺乏注意力愛撒嬌的小女生，其實她比我想像得更愛他。

從那個時候開始，我開始相信對的時間比對的人重要；人是會變的，而時間不會，時間對每個人都是公

平的，但感情沒辦法。

愛上誰，愛得多抑或少，什麼時候愛，什麼時候離開，其實都由不得我們。

據說小潭和高承磊分手的時候，捨不得的反而是男方。不知道是愧疚還是想補償，他一直問她能不能保持聯繫，繼續做朋友，可小潭展現了前所未見的堅決，毅然決然把曾經相愛過的痕跡統統刪除。

所謂分手，就是兩個人從萬頭攢動中找到對方，並肩走過一段路，現在我將你送回茫茫人海，目睹彼此在紅塵中隱去，從今之後，不相為謀。

請你別揮手，我一定不回頭。

Chapter
Midnight snack

那些我忘不了的女孩子

要不要寫這篇文章，我想了很久。

雖然是很多年前的事了，即使我盡力迴避相關的人和場景，可直到現在我仍記憶猶新。後來還是決定寫，倒不是奢望和過去和解，但我想如果能傳達些什麼給有相同經驗的人，那揭開過去的不堪，也能讓傷口痛得有價值。

它發生在我中學的時候。

我當時大概十四、五歲，在離家走路十分鐘能到的學校讀書，很多同學住在附近，上下課都能嘻嘻哈哈地成群結隊。我和四個同年級的女生很要好，其中一個住我家隔壁的街口，每天一起上學，中午大家會圍成一圈坐在走廊上聊天吃飯，有時候下課還會去某人家玩一陣才回去。國外的中學一天只有五節課，可以自己安排課表，我們在學期開始的時候都會頭碰頭研究，怎麼選才能盡量每節課都不分開。

總之就是形影不離的五個人。

我們這群裡有個女生很漂亮，小臉大眼睛，一頭到腰的長髮，學校裡很多男生喜歡她。那時候大家年紀都很小，收到情書也只是同學間八卦嘻笑的談資，沒有人對「戀愛」有太多想法。她最多人追，是個很有自信的女孩子，我們也習以為常。

直到有天我接到來自她哥哥的信。

這個女孩的哥哥和弟弟也讀我們學校，因為和她是好友，我們幾個女生也和她兄弟很熟。一開始她雖然有點驚訝，但表現得很熱心，還常常約我們出去逛街，順道帶上她哥哥與其他幾個男孩子。我當時根本搞不清楚所謂男女朋友具體是怎麼回事，但也似模似樣地回信了，大家起鬨說我們在一起，我和她哥哥也沒否認。

然後事情開始不對勁。

或許很多人的學生時代也有類似遭遇，朋友們一開始背著你竊竊私語，迴避你的眼神，說最近忙得無法和你相處，可你知道他們其實都在一起，只是不再讓你參加。

後來他們連把你排除在外這件事都不再希罕掩飾，你看著那些本來笑容滿面的親熱臉孔，現在只能見到挑釁。

怎麼，就是不讓你來不告訴你不和你玩，不行嗎？

從小到大我一直是男女生朋友很多的人，壓根兒沒想過這種情況會發生在自己身上，頓時手足無措，毫無招架能力。我曾試著想與她們談談，可無論旁敲側擊或是直接詢問，得到的答案都是「沒有啊！妳想多了吧」！

那，為什麼現在我們像相斥的磁鐵，一個人在這裡，而妳們像躲瘟疫一樣，遠遠地在另一邊？

沒有人願意解釋，我轉而向當時的男朋友求助，結果他面露難色，支支吾吾說他妹妹勒令他不准再和我來往，因為我「人品有問題」。

我是挺好強的人，雖然既難堪又困惑，但決定不再勉強任何人，當然很大一部分原因是也不知道該如何做；說真的，無論是友情或感情，你要怎麼扭轉別人的意志？

於是我自己上下課，一個人吃飯，在落單的時刻避開所有同學，因為大家都知道我被原來的好朋友們孤立了，無論別人的眼光是關心、八卦甚至憐憫，都讓我覺得很羞恥。

不過最慘的還在後頭。

有天她們表示想和我談談，約我放學到體育課的女子更衣室碰面，一開始我還很高興，覺得膠著幾個月的情況終於有進展，沒想到在那裡等著我的是一場單方面的批鬥。我背對著鐵櫃，幾個女孩子把我圍成半圓，詳細數落我的罪狀，例如做人很假、亂說壞話、走路的姿勢太自以為是……其他的理由我已經記不得了，可被曾經的好朋友圍剿，那種驚駭與屈辱的感受，依然非常清晰。

最後那個漂亮的女孩子，拿出我寫的，從她哥哥那裡偷來的信，大聲朗誦。

在一片嘻笑和不齒的嘲諷中，我捂住臉擠出重圍，一路哭著走回家。

好不容易撐到學期末，本來希望我能更堅強面對的爸媽，終於答應我的苦苦哀求，替我辦了轉學。我認識了一群新朋友，她們成績都很好，是榮譽榜的常客，因此我更努力讀書。她們也常鼓勵我，高中最後一年的體育課要跑六圈操場才能畢業，當時的我痛恨運動，打死都覺得自己辦不到，是她們陪著我跑，在終點線替我加油，我才連滾帶爬完成的。

一直到現在我們四個人都還常聯絡，其中一位結婚的時候我是伴娘，另一位老在世界各地搬家，她每一個落腳處我都去探望過；還有一個最近生小孩了，當天就在群組裡和我們分享所有細節，我們笑說簡直是陪她生產了一次。

而霸凌過我的那些女孩子，那天之後就失聯了，後來聽說她們大部分都沒申請到我讀的大學。

和大家說這些，不是想討拍或是晒可憐，也不是要說什麼老天有眼報應不爽之類的話來自我開解；坦白說我不覺得有任何事可以補償當時的對待。甚至，在更衣室那個下午的經驗太過驚駭，導致後來只要有男生追我，我都會問對方你有沒有霸凌過別人？有的話，我立刻覺得這個人的人品有瑕疵，無法和他交往。

我也想過自己是不是把這段經歷看得太嚴重了，她們當時也還小，說不定只是覺得好玩或意氣用事。老實說我雖然談不上感激，但也並不恨；畢竟因為她們的排擠，讓我後來認識了值得珍惜一輩子的朋友。

那為什麼還要寫出來呢？

因為我仍然忘不了那些女孩的臉孔，她們提醒我，生活中的確有無法解釋的芒刺。反省雖然是美德，可就算你再怎麼苦苦思索、再努力檢討自己，那些發生在你身上的壞事，有時候真的和你毫無關係。

即使惡再小，仍有人所以為之，只因為他們可以。

不過就算如此，也別絕望，想正面挑戰或是消極逃避都可以，不要勉強，怎麼輕鬆怎麼來。把這種時刻當作一個陣痛期，只要你深信自己是好的，它就是神替你去蕪存菁、篩選朋友的過程。

而無論現在的你覺得夜色再長再黑，天總會亮的。

進擊的肉包

1.

我有個如妹妹般的朋友，叫做肉包，人其實長得很可愛，眼睛明亮笑容甜美。這個綽號是她高中同學取的，當時她人如其名，圓圓臉上的嬰兒肥怎麼按摩都消不掉，上了大學，男友和朋友都交了新的，只有這兩個字仍舊陰魂不散。

小時候肉包很討厭這個別名，出社會之後才知道膠原蛋白的珍貴，從此不再介意。

肉包是我朋友的助理，平常跟著老闆到處出差，打理他生活大小瑣事，從訂酒店機票餐廳，到排服裝訪問造型，包子鉅細靡遺，毫無錯漏。我常嘲笑朋友沒了肉包就是個廢人，他會邪魅一笑——「牙能夠自己刷，妹還得自己泡。」

無恥之徒。

肉包心裡有個喜歡的人，不是她的老闆，是她以前的大學同學，和她不住在同一個城市。她的男神在我們眼中，就是一個普通的、高高瘦瘦書生型的大男生。這件事讓我朋友忿忿不平，不知道是因為沒被小助理肯定，還是有著霸道總裁情結，每次說起那個男生，他總是喃喃抱怨：「就是一隻弱雞，到底哪裡好？沒有人魚線，也好意思來吃我們家肉包。」

我給他一個白眼。「吃肉包的人，能練出人魚線嗎？」

女主角笑倒在一旁，眼睛瞇成兩道橋。

2.

肉包認識男神很多年，一直不敢表白，遠在不同城市的兩個人偶爾發訊息互相關心，交集僅此而已。我們也習慣她的暗戀，直到有一天，肉包在狀態上發了一張照片，那是兩隻牽著的手。我在按讚之前，看到底下她老闆打的一百個驚嘆號。

知道自己不是唯一被瞞在鼓裡的人，感覺還滿好的。

後來肉包害羞地和我們交代過程，上週她生日，男神發來祝賀的訊息，最後加上一句：「其實我和妳的生日很接近。」

肉包傻了，她記得男神的生日是秋天，那天晚上自己還掐著時間送上祝福了，肉包是金牛座，怎麼也搭不上邊。

男神隨即補充：「妳不是五一二嗎？我是十月二十四，剛好是妳的一倍。」

胡蘭成曾對張愛玲說，我願意和妳發生一切可能發生的關係，肉包和張愛玲的差異，大概是太陽與冥王星的距離，可她也知道如果一個人盡力把相隔快半年的兩個日期連在一起，大概就是喜歡的意思。

於是她鼓起了全世界的勇氣問對方：「我們在一起好不好？」

手機螢幕上顯示著「對方正在輸入訊息」，肉包的心撲通撲通跳，時間好像突然靜止了。

最後男神終於傳來四個字：「好的好的。」

「好的」和「好的好的」，看起來相同，其實不太一樣；前者是願意，後者是表示不能更願意。

3.

男神從此變成男友，肉包也開始異地戀的生活。

本來手機就不離身的她，一開始也不覺得有什麼差異，戀愛只是多了定位與視訊，早安與晚安，其他和單身的時候一樣，日出伴隨日落，季節照樣更迭。

每隔幾個月，兩人也會見面，本來說不介意分隔兩地的肉包，漸漸覺得不滿足。有人說異地戀就像是養手機寵物，擱著它不行，重要時候卻也派不上什麼用。

肉包終於和暗戀對象在一起，內心充滿小女孩的夢幻，渴望更多的糖、更美的情話。可距離擺在眼前，兩個人就是隔著幾千公里，天氣預報都不一樣。

於是肉包開始鬧脾氣、計較小細節，像是男友不記得紀念日，情人節沒收到花，誰和誰長假又去了哪裡旅行，他們卻永遠只能在對方的城市相聚。

等到好不容易見面，她又處處留心男友的一舉一動，希望從蛛絲馬跡裡得到證明，確認自己在對方心中的重要性。

她退化成了一個幼兒，想去哪吃什麼都不知道沒意見，許多小任務都賴在男友身上。以前一肩扛起大小瑣事，任勞任怨的她，在男友前面變了一個人。她的老闆嘆為觀止：「這年頭，吃個肉包也不容易，得咬了才知道裡面什麼餡。」

我很沒好氣：「這是少女心，你懂不懂？太善解人意的女人只不過是不喜歡你。」

其實我明白的，肉包只是想被在乎的人照顧，讓自己充滿安全感，如此平常硬撐著堅強的時候，才有消耗的能源。

4.

可惜，肉包的男神不明白女生這點小心思，努力配合了一段時間，他終於吃不消。在一次小爭吵之後，他向肉包提出分手：「我以為妳是獨立自主的女生，對不起，是我誤會了。」

肉包在我們前面大哭，怎麼勸都止不住，我很心疼，不停遞面紙給她：「別哭了，再哭妳就要變成湯包了。」

她嗚咽地說：「我不知道他會這麼生氣……其實……我只是想撒嬌……不是真的公主病……」

我拍著她的背，用眼神示意朋友給她一點安慰，沒想到他皺著眉頭：「理虧要改過，犯錯就道歉，真的喜歡妳，不會因為這點小事就放棄。妳本來就是獨立的女人，不然也不會照顧我這大寶寶那麼多年。」

肉包愣住了。

「去啊！去把他追回來。」肉包的老闆斜睨著眼。「要是妳沒勇氣，我幫妳講也行，就說我這天下無敵的帥哥看上妳了，不服來戰？」

只見肉包深呼吸一口氣，扶著沙發站起來，她拿著面紙，狠狠擤了鼻涕，把紙團往地下一丟：「不行，他以為你是同性戀。」

第二天，肉包一早就失蹤了，她那自稱天字第一帥的老闆找不到人，四處狂吼：「肉包呢？肉包在哪裡哪裡！」

只見工作人員跌跌撞撞，兩手各抓著一袋生煎包，急奔而入。

5.

肉包連夜去了男神的城市，這次自己訂了機票酒店，一早就在對方的公司樓下等。出發前她忘了看天氣預報，衣服帶得不夠，一路瑟縮著，模樣有點可憐。

等到期待許久的身影出現，她手上準備好的早餐已經冷了，可她不管，自顧自地朝心愛的人狂奔。對方見她突然出現，毫無防備愣在當場，進擊的肉包臨時煞車，離男神只有一步遠。

「其實我什麼都會，不但會，還特別會。」肉包低著頭。「我只是想讓你知道，就算我什麼都會，還是希望有你在身邊。」

男神推了推眼鏡，沒說話，肉包的心撲通撲通跳，時間好像突然靜止了。

「妳是自己來的嗎？」他問。

肉包忍住淚，點了點頭。

「以後還是我接妳吧！」男神的聲音在她頭上響起。「畢竟妳生活不能自理啊！」

肉包淚眼汪汪：「如果我說能，你以後是不是就不理我了？」

對方笑著，伸手將肉包擁進懷裡：「理的理的。」

肉包哇地一聲，哭了。

「理的」和「理的理的」，看起來相同，其實很不一樣；前者是喜歡，後者是表示不能更喜歡。

6.

之後肉包回來了，遞上辭職信，她老闆氣得不願意見她，只給了雙倍的遣散費和一句話：「看膩沒人魚線的弱雞就回來。」

然後她又哭了。

新助理很快上任，也是一個小姑娘，上工的第一天，我朋友對她說：「以後就叫妳豆沙包吧！」

對方一頭霧水，怯生生地問：「為什麼？」

她老闆瞪了她一眼，面無表情回答：「妳不知道嗎？包子還是甜的好啊！」

大部分的女生，都不是眾生寵愛的，每個人都在小小的圈子哩，過著差不多的生活，所以希望在某人眼裡，自己能帶著光圈。

不必萬中無一，但希望是你的弱水三千。

就像這世界可以無視於我，擦身而過，可你得摸摸我的頭，站在我這邊。

拒絕你的好女生

最近秦嶺感冒了，好幾天都找不到人。大家覺得他是把霸王寒流當藉口，躲在家裡不出來，因此某晚上帶著吃的喝的殺去他家，一是看上他家的暖氣，順便關心一下他死了沒。

穿著睡衣的他應著門鈴聲來了，腳步聲遲緩而了無生氣，打開門一看，一向神清氣朗的他，眼袋掛到顴骨，神色灰敗滿臉鬍碴，的確是一張病容。

「╳！氣色這麼差！你是真的病了。」老徐驚訝地脫口而出，用一個字的語助詞就算打過招呼了。外面寒風刺骨，大家不由分說迅速擠進秦嶺家，有的人還順手拍拍他的肩膀。

「廢話，生病還能開玩笑的嗎？」秦嶺有氣無力地慢慢帶上大門。「你們怎麼來了？」

「來探病啊！」擠在暖氣出風口的Sam，頭也不回說：「冷死了，老徐你過去一點。」

「我怎麼覺得你們是來吹暖氣的？」秦嶺狐疑地坐在自家客廳，仰望四十五度角站著搓手的幾個人，好像一排覓食的蒼蠅。

老徐聞言，忿忿不平轉過頭來，臉上充滿飽受傷害的神情。「兄弟一場，你把我們看成什麼人了？」

這時候，一進門就不停找尋什麼的大山，突然抬起頭來興奮地大喊：「在這裡！」

他高舉著的手上，緊緊握著空調遙控器。

秦嶺的家裡一團亂，和平常的整潔相去甚遠，到處都是吃過的飯盒與飲料罐，大家正在幫他收拾，老徐拿起塞滿菸蒂的菸灰缸端詳了一陣子，又看了看廚房堆積的酒瓶，搭配音響裡流洩出來一首首悲傷的情歌，他問秦嶺：「你這是失戀了吧？」

眾人刷地回頭看，只見秦嶺拿起沙發座墊，捂住了臉。

原來幾天前，他向喜歡很久的女神告白，結果被斷然拒絕。秦嶺站在她家樓下苦等，而女神絲毫不心軟，連窗簾都不為所動。他與淒風苦雨相伴了半夜，就是從那一晚開始重感冒的。

「這麼狠心！」老徐義憤填膺。「反正你也不差女人喜歡，有什麼了不起！」

「沒血沒淚，一定不是溫柔型。」Sam也點頭同意。「追到了也不見得是好事。」

只有大山不說話，在大家一輪批評之後，突然冒出一句：「我倒覺得這女孩挺好的。」

現場沉默了幾秒，老徐首先發難：「好在哪啊！」眾人跟著一陣噓聲。

大山一邊躲避迎面而來的花生米攻擊，一邊辯解：「不是啊！你們聽我說……」

「現在沒良心的女生那麼多，都以自己擁有多少追求者為榮，反正打扮得漂漂亮亮，一通電話就有人接出來吃喝玩樂，說不定還有禮物收，相比之下，我倒覺得秦嶺的女神很不同。」

「幾句花言巧語哄人的話誰不會說，留你在身邊獻殷勤她也沒損失，雖然她現在看起來無情狠心，一點面子都不給，但起碼她沒有吊著你的胃口，耗費你的人力物力，讓人浪費時間金錢，明明沒希望還誤導你以為有機會。」

「這種女生看起來決絕，其實我覺得她是真的為你好，不然所謂的好朋友做個三、五年，像你這種老實人，搞不好就真的一直等下去，最後人財兩失，你找誰喊冤？」

大家聽了，居然都覺得有道理。

老徐拍了拍秦嶺。「怎麼樣？好點了吧？事情可以更糟，但你的女神真耿直，是個不利用人的好女生。」

「好個屁。」秦嶺哭喪著臉。

「我現在更喜歡她了啊！」

怎麼辦，我心裡偷偷想著，但不敢附議。

「我也是。」

拜託你做一個冷漠的人

冬天的時候，我花了很多時間和女朋友在一起，我們旅行，購物、滑雪、泡溫泉、享受美食，玩得非常開心。

有天晚上大家酒足飯飽走回酒店，剛脫下厚重的外套，癱在沙發上的Amy滑著手機，發出了不意為然、嗤的一聲。

「怎麼了？」我問，一邊捶著自己痠痛的大腿。

她把手機遞過來，我探頭看，只見她發了今天滑雪的照片，配字寫的是「好過癮！好好玩！」簡單明瞭沒毛病的普通日常，下面一個留言：「妳女兒呢？」

「這誰啊？」

「朋友的朋友，自己也是媽媽。」Amy翻了翻白眼回答。

「妳別理她。」另一個女朋友接口，Amy點點頭，但看得出神色黯淡下來，她悶聲不吭打開電腦檢查員工傳來的郵件，原本歡樂的氣氛頓時安靜了。

我有點心疼，只有我們知道她為了這次能和幾個閨密成行，特別排開了會議，丈夫也很支持她來輕鬆一下，願意這週獨自帶女兒，讓她儘管放心，孩子五歲了，平常很乖也不麻煩。

可世界上就有那麼無聊的三姑六婆，見不得人家好，以抬槓罵人為樂趣，非得在他人興頭上澆一盆冷水，自己的生活都還沒來得及顧，卻心心念念其他人的爸爸媽媽老公妻子孩子，管得比太平洋還寬。

你覺得為人母之後就要像死守四行倉庫一樣待在家裡以示勞苦功高是你的事，但同時必須明白媽媽也分很多種，像我媽就和別人的母親不一樣，她好打扮愛旅行，參加好幾個社團，每天行程排滿。我青春期的時候社交活動是最頻繁的，而她不在家的機會比我還多。

可她偏偏有無懈可擊的時間安排技能，把一家從公婆妯娌到孩子都照顧得妥當；人家過得精采固然是本事，有的丈夫還偏偏不喜歡太太在家當黃臉婆呢，你所知道的唯一生活方式，只適合個人的眼界，只代表你自己。

別說我朋友難得和幾個閨密出去旅行，就算人家拋家棄子，決定從此做一朵陌路狂花，又關誰什麼事？什麼時候我們才能明白人生沒有所謂正道，在這世上走一遭，不是只有一種活法。

不尊重他人的私生活才是錯，而一個人為什麼討厭，就是從多管閒事開始。

公眾人物大概對此最有感，再無懈可擊的照片或文案，都會有網友在下面追根究柢留言來酸，不過我早就認清既然吃這碗飯，就沒抱怨的立場。可日常生活中還要受到這種對待，那真是火上加火，氣不要太大。

有次和幾個朋友吃飯，結束後我有事得去一個地方，一位朋友說剛好順路，大家一起走，於是我上了車，說了地址。

「妳不住那裡吧？」一個不熟的女生很狐疑，我笑了笑，沒說話。

「妳什麼時候搬的家？」她又問，我還是不回答，等到車子停在大樓前，她打量了建築物一眼。

「這棟都是大坪數，很貴的，妳現在住這？」她還不放棄，語氣不可置信，不知道是覺得我居然比她想像得更有錢，還是不配住在這裡。

其實我可以很簡單地告訴她這裡住的不是我，是我弟，我們家三個孩子出社會之後就分開住了，是我爸爸的意思，希望我們能學習獨立生活，不要茶來伸手飯來張口；我還可以進一步解釋，這裡雖然坪數大，但價格和我的公寓沒差很多，因為最近房價稍微下跌。

只要我願意，都可以說明，但我想不出為什麼要那麼累。於是我保持沉默，下車前謝謝開車的朋友，轉過頭對她說「沒有，我不住這，我來這裡兼差打掃」。

後來車裡的朋友們告訴我，大家笑倒成一片，她終於悻悻然閉嘴。

我承認是個太過注重分寸感的人，朋友不開口的事絕不主動過問，在一些生性熱情的人眼中或許顯得冷漠吧！我甚至常常覺得古人說的「寧可自掃門前雪，莫理他人瓦上霜」是太理想的境界；如果每個人都懂得把自己的事管好，別去打探隱私，這個世界一定會變得可愛很多。

我家人就是這樣，親戚之間從來不會過分刺探彼此的生活，除非對方願意主動開口，大家維持著禮貌而舒適的距離，相處起來很輕鬆。我們幾乎只討論政治經濟和社會話題，寧可說今天天氣真好哈哈，也不願意問誰為什麼還不結婚或生孩子。

我一直以為別人都是這樣，直到有次朋友參加我們的家庭聚會，覺得氣氛太像老朋友而不是親戚。

「妳們家人好怪，有點太冷漠了吧？」

「不會啊！誰有事想分享，自己會宣布。」我不以為意地回答。

「妳不覺得這樣……有點沒有人情味嗎？」他皺眉表示不贊同。

我並不覺得關心和八卦是同一件事，就像維持界線和生疏也不相等，親友需要幫助或是傾吐，我的耳朵絕對歡迎，也不吝嗇伸出援手，但這並不表示我沒事會審問對方的感情／工作／家庭／交友狀況。

我家很少待客就是這個原因，我也有非常喜歡家宴的朋友，我尊重這樣的熱情，可你別要求這次我去你家，下次你也得來我住的地方瞧一瞧。可能有人覺得這樣沒什麼，可對我來說透露得越多，就給別人更多機會將我的隱私傳播出去。

來過我家的人寥寥可數，曾經有個非常熟的老朋友比較常來，她每次一進門就開始亂翻亂問，甚至撥弄我未開封的包裹，嘴裡嚷嚷著妳又買了什麼東西，省一點過日子好不好，是不是品牌送的，可以二手賣掉賺錢。

我很想回錢是我自己賺的，愛怎麼花就怎麼花，我也不賣二手商品，因為嫌麻煩，又不好意思賣用過的東西，於是都直接送給不介意接收的親友，但我不想把氣氛搞糟。直到有次她開始翻我的信件，我終於受不了，雖然知道她不是惡意，但這種程度的關心我真的無法忍耐。

我按住她停不下來的手，看著她的眼睛沉聲說：「別這樣。」

一向隨和的我突然發難，她嚇了一跳，以後都沒動過我的東西。

不過也可能是因為她再也沒機會；畢竟那次之後，來我家作客的名單上又少了一個人。

那是很多年前的事，後來這個朋友不太順遂，但每一次只要她開口，我仍然在她身邊，可見關心和分寸不但能兼具，而且是必須。Mind your business並不表示你要忽略不公不義，或是當大街上有老人小孩殘障人士需要幫助，你卻樂得轉過頭去；我相信門前雪和瓦上霜的定義沒那麼狹隘，不去刺探別人隱私，閒話別人生活，只是防止我們變成一個碎嘴的、討厭的人。

如果大家都不喜歡逢年過節親友的種種詢問，那為什麼要把平常的日子過得像農曆年？何況很多時候，那些人開口並不是關心，而是想滿足自己的好奇欲，他們也不是真的在乎你的狀況，你給的任何答案，只會變成更多八卦和批評的話題。大家的工作或生活裡一定都有這種人，視張家長李家短為己任，得意於自己什麼都知道，就算不清楚，也要想方設法打聽出來，真的一點資料都得不到，索性開始瞎編，中心思想是全世界的人都過得很糟，就算看著快樂其實也是辛苦，現在大笑以後絕對痛哭。

反正就是沒他幸福。

大家都說我脾氣好，其實不是的，很多時候我遇到這種人，心裡OS可多了，若把想說的都發出來的話，大概整個畫面都是彈幕，只是教養讓我保持微笑不開口回嗆。加上我懶，沒力氣解釋，我覺得說話、打字都要費時間的，多管閒事的人像臭蟲，我只求那些人趕快閉嘴離我遠一點，沒興趣尋求他們的理解。

如果不回應就是心虛，不八卦就是自命清高，那請讓我做一個冷漠的人吧！我寧可保有一點距離感，也要維護隱私被尊重的界線。

別人愛怎麼想就怎麼想好了，何況事情並非他們以為的那樣，只是我沒有說明的義務。

你是誰，我幹麼要告訴你？

Midnight snack

我仍然忘不了那些欺負過我的女孩的面孔，她們提醒我，生活中的確有無法解釋的芒刺。

反省雖然是美德，可有時候，就算你再怎麼苦苦思索、一遍遍努力檢討自己，那些發生在你身上的壞事，真的和你毫無關係。

即使惡再小，仍有人所以為之，只因為他們可以。

就算如此，也別絕望，想正面挑戰或是消極逃避都可以，把這種時刻當作一個陣痛期，只要你深信自己是好的，它就是神替你去蕪存菁、篩選朋友的過程。

無論現在的你覺得夜色再長、再黑，天總會亮的。

#掃碼聽熙妍跟你說話

壞女人

有一句話叫做缺什麼補什麼，可能是因為這樣，我才和杜玲做了這麼久的朋友。

她是個大眼睛小臉的女孩子，一頭俐落有型的短髮，個子不高，氣場卻很驚人，就算身高暫時埋沒在一群人裡面，也很難不注意她。杜玲是個造型師，很早就出社會了，因此閱人無數，朋友無論男女都很多；她永遠有參加不完的局、認識不完的人，三兩下就能和別人打成一片，而且顯得很真誠。

這是最難得的。

我是一個輕度臉盲的人，沒事還習慣清理社交平臺的朋友名單，不熟或想不起來哪裡認識的名字，就有想刪掉的衝動，蝴蝶一樣的杜玲是我的偶像。

上個星期她好不容易排開時間，和重感冒的我喝咖啡，我因為幾乎失聲，怕場面太無聊，於是帶了另一個女朋友到場。這個女孩子年紀比較輕，最近感情不太順，我說妳在家也是悶，不如出來和兩個姊姊散心。我和她先到，在黑白大理石花紋的網紅法式甜點店裡做作地拍了一輪照片，杜玲才姍姍來遲。

丸子頭大墨鏡，寬鬆上衣與超短褲，加上一張嬌豔欲滴的紅脣，相較之下我身上的白T和寬鬆長褲顯得好慚愧，她比我還像藝人。

「熱死了熱死了。」杜玲朝我們走來，捲進一陣香風，描得完美無瑕的眼睛盯著菜單，耳朵還在聽語音訊息，一邊悄聲問：「妳們點了什麼？哪個好吃？哎呀喝什麼隨便啦！哪個最涼就給我來一杯！」

一連串的手勢和表情，讓旁邊的小女生目不暇給。

我替她們互相介紹，杜玲向她點點頭，急著與我分享近況，所謂的近況，就是她新交的男朋友。我忍耐著她的秀恩愛，但沒多久，對面的小女生就垮著臉，把手機堵在我前面說，嗚嗚姊姊妳看他。

我接過電話，上面是她的分分合合十幾次的男友，這陣子不知道哪根筋又不對，和她說我們真的不適合，做回普通朋友比較好。

我嘆了口氣，把電話按在桌上，小女生把頭埋在雙臂之間，眼看就要在大庭廣眾之下掉眼淚。我正想安慰她幾句，杜玲滿臉問號，我只好把情況講了一下。

「妳腦子是不是進水了！」杜玲雙眼圓睜，把叉子用切腹的握法，一把插進前面的小蛋糕上，看得我頭皮發麻：「妳幹麼為了一個男人離鄉背井，他還動不動給妳看眼睛鼻孔，嫌妳這裡不好那裡不好？」

小女生抬起頭來，一臉錯愕，我按住杜玲，想暗示她表達方式溫柔點，可她完全不受控，巴拉巴拉地又開罵。

「我說啊，最蠢的就是妳們這些犧牲型的女孩子了，為男人付出，最後感動的只有自己。」她從鼻子發出不屑的一哼：「人不為己天誅地滅，男朋友是要分功能性的好嗎？」

本來一臉頹喪的小女孩，現在開始集中精神了：「姊姊妳什麼意思？」

「現在女孩子都喊要找『對先生』，溫柔體貼負責顧家，最好還要能做菜愛運動有腹肌，沒事還能去聽個音樂會看畫展聊國家大事——」杜玲冷冷一笑：「這種人根本不存在好嗎？」

我苦於無法發聲，不然很想接話，說不是每個人都懷抱這樣的雄心壯志，腹肌我自己有就可以了。

她斬釘截鐵宣布：「找對象就像買金融性衍生產品，妳要懂得分散投資。」

小女生肅然起敬，露出崇拜的眼神：「請大師開示。」

杜玲喝一口咖啡潤潤喉才開口，表情不是不神氣的：「妳能做的，就是想吃飯找一個會做菜的，想運動就找肌肉男，分享音樂和這個人，聊藝術又是另一個。」

認識她這麼久，我知道杜玲不是在唱高調，她說的都是真的。

「這樣……會不會很沒有良心啊？」坐在對面的小女孩，像個專心聽課的學生，怯生生發問，我把她伸直的手按下來；問就問，原本腦袋就不聰明，舉手顯得更蠢。

「什麼良心不良心，我又沒有要妳到處睡！」杜玲一副恨鐵不成鋼的表情：「大家出來交朋友，不要一下就投入那麼多，先約會嘛！不相處怎麼知道合不合適？」

「況且妳有沒有想過，妳一股腦兒連根拔起搬到這裡來，感情還沒穩定，無形中要對方負擔妳的喜怒哀樂，原本出發點是愛，但現在付出變成一種壓力，對他也不公平。」

「可是說得容易，哪有不期待回報的付出嘛！」學生顯得很委屈。

「所以雞蛋要放在不同籃子裡啊！」杜玲理直氣壯：「這樣失望的時候才不會把氣出在他身上；妳知

道，男人最討厭兩件事，一是黏，二是怨。」

這話倒是說得精準，我在一旁猛點頭。

小女孩的臉上充滿虔誠：「大師、不，明燈，能不能解釋清楚一點？」

「也罷，看在今日有緣……」我看著裝模作樣還來個遠目的杜玲，忍不住在她肩膀上打了一掌。

「人是很奇怪的動物，一感受到壓力就想跑，問題是想逃到哪，自己也不知道。因此最好的相處方式，就是保持輕鬆，不要那麼死心眼。男人啊！一個女人就算再好，一旦表現出非他不嫁的態度，男人就不會珍惜了。」

「而且我警告妳們這些笨女人，不要一戀愛就砸錢！」她提高聲音，臉對著對面的小女孩，眼睛卻瞥向我，我在這一點毫無話語權，只能慚愧低頭喝咖啡。

杜玲告訴我們：「我有一個詛咒，就是只要一送禮，立刻就分手，所以我從來不送男友東西。」

「那……萬一過節或生日什麼的，他送妳禮物妳空手，不是很尷尬嗎？」我終於有機會用破鑼嗓子擠出一句話。

「妳怎麼那麼笨？」她皺著眉：「不送禮可以請他吃飯啊！而且妳還可以和他說，不是妳不送，是這個詛咒太靈了，以前好幾個男友都是這樣分的，妳希望你們可以走得很久，所以真的不能送。」

哇。

下午茶結束之後，大家走出餐廳，我轉頭看著身邊一臉茫然的小女生；或許是外面刺眼的陽光讓人睜不開眼，不過應該是剛剛受到太大的衝擊，導致她恍若隔世。

「嚇到了嗎？」我問她。

她點點頭，又搖搖頭，遲疑了一下才問我，這個姊姊一直都是這麼……帥氣嗎？

我笑了，忍不住想起十年前的杜玲。

那個時候的她，是天字第一號慫貨。

十年前，她和阿豪在一起，兩個人家裡環境都普通，杜玲當時還是個小造型助理，整天背著大包小包在品牌店中間穿梭，有點像《穿著Prada的惡魔》那部電影裡的安海瑟薇，吃苦受氣，卻沒有那麼光鮮的衣著。她很省很拚，兩年後賺到第一桶金，買了一間小套房，阿豪提著健身器材進來住，不停換工作，從做DJ賣衣服駐唱歌手到活動企劃，生活中唯一不變的，就是杜玲這個任勞任怨的女朋友。

直到有一天，劇組提早殺青，她收工回家，推門見到的是阿豪和另一個女人，赤裸躺在自己買的床上。

她大哭大叫，又摔又砸，很狗血地把小三連人帶衣服攆出門，阿豪跪下來道歉，說自己該死，不該因為杜玲跟戲一去好幾個月，就耐不住寂寞。

更狗血的是，她原諒了他。

安分了半年，阿豪又被杜玲查到在網上勾搭女孩子，她一次次鬧，他一回回哄，大家都勸她分了吧！這種男人真的不能要，可她就是捨不得。

最後是個陌生人解救了她。

某天一個女孩傳來一張四隻腳在床上纏綿互勾的照片，男主角的兩條長腿，燒成灰杜玲也認得出來。她打電話和我求救，我與她坐在一片狼藉的地板上，緊緊抱著崩潰痛哭的杜玲。

之後杜玲就想開了，漸漸變成現在這樣，她相信不要放棄一片森林而吊死在一棵樹上，成為許多女孩的感情偶像，為情所困彷彿是前半生的事。

只有我知道，所有看來雄赳赳氣昂昂的人，都曾憋屈的、狼狽抖落滿身的灰，哭還不敢太大聲，怕別人聽見。

於是我拍拍身邊女孩的肩說，不要急，現在為男友一個訊息當眾流淚的妳，有天也會走到那裡的。

過了幾天，杜玲氣呼呼地打電話給我，說和新男友吵架了，我滿頭霧水，前兩天不是才好好的嗎？

「妳知道他多過分？說週末有空，要我去他家，然後突然朋友找他，他就丟下我出去了，出！去！了！」從電話裡都能聽出她滿腔怒火，我問那妳為什麼不回家呢？她更生氣，說因為男友保證馬上就回來，讓她再等一等。

「而且晚上我們和朋友約好要出去喝酒，我不能取消，還是要和他一起去啊！」她非常鬱悶，我只好安慰她說這是小事，晚上見面好好談一下就行了。那天晚上她沒有再打來，我也沒想太多就去睡。誰知道這位小姐第二天中午發訊息給我，說他們還在吵架，我連忙問現在是什麼情況？

「我們坐在他家客廳冷戰。」她氣呼呼地：「我不想和他說話。」

「等等。」我忍住笑：「妳還在他家？」

「對啊！昨晚他喝多了，口齒不清地拉著我的手說我們回家，於是我又回來了……」

我一句話都說不出來，因為憋笑憋得太辛苦，臉都漲紅了。

「妳說我幹麼要和他回家啊！氣死我了，像個笨蛋一樣！」杜玲聽起來不甘心極了。

我很想回，妳都不知道那我要去問誰？但我連忙哄著她：「沒關係沒關係，既然共處一室就好好談一下，乖。」

「哼，誰要和他談？」杜玲忿忿不平，隨即又改變口氣：「欸對了，七夕要到了，妳覺得我送他什麼好？」

她貼來幾個連結，不好意思地和我討論起之前信誓旦旦說絕不送男友的禮物，越講越喜孜孜，查覺到我聲音裡的笑意漸漸變濃，杜玲害羞又尷尬地罵我：「妳幹麼！討厭啦！」

我終於爆笑出聲，倒在沙發上，倒不是嘲笑她心口不一，而是覺得這樣的杜玲，太可愛了。

隨著年紀漸長，有點戀愛經驗的人，都有自己成套的理論，像什麼在乎的人就輸了，他其實沒那麼喜歡你；你叫不醒一個沉睡的人，就像機場等不來一艘船。

可是啊，再歷盡滄桑的靈魂，也會有口是心非的時候；道理我都懂，可我偏偏就是覺得，你不同。

就像那天下午，在充滿鮮花和精緻茶具的店裡，杜玲老練地傳授戀愛術，怎麼擺正頭腦，怎麼保護自己，怎麼樣對男人狠一點，要用眼睛看不要用耳朵聽。

「當然妳們不一定要聽我的啦！」最後她聳聳肩，滿不在乎的表情，和現在心有不甘打破所有原則和規定的樣子，有著天壤之別。

像我們這種寫字的人，最擅長說漂亮話，感動人之前先打動自己，可不見得能身體力行。大家都說，最可愛的狀態是知世故而不世故；我一直告訴自己不能做的那些事，偏偏為你忘得一乾二淨，還傻乎乎地覺得沒關係。

期待妳做個言若有憾心則喜之，嘴硬心軟的壞女人。

Cute but
Psycho

我曾為你綻放過

1.

我遇過很多人，不投機的擦身而過，有趣的留下來做朋友。安安算是比較特別的，因為她其實不是我朋友圈的一分子，可我和她見面的次數比有些朋友還多。

她是我的美甲師。

安安開著一家很小的店，裡面只夠放兩張椅子，店裡只有她一個人，幾乎沒辦法接沒預約的客人。我常去的原因不是因為她技術特別好，而是因為我懶；她的店離我家很近，走路十分鐘內就能到。還有一個原因是，我不太熱衷於趕人潮，除了工作之外，人多的場合讓我有點累，住酒店也比較喜歡精品旅館，連健身房都選小的個人工作室。髮型和美容也是一樣，服務業對我來說應該是隱私的，規模大的店往往太驚人，讓人覺得要打扮整齊才不突兀，可弔詭的是，我就是要去被打扮整齊的呀！

安安的店就很好，色調很簡單雅致，沒有可怕的蕾絲裝飾，精油薰香的味道是清新的小蒼蘭。她有一張甜蜜的笑臉，每次推開她的門，就像踏進朋友的客廳一樣溫馨。

女人和服務者之間的無話不談是男人無法理解的，坦白說，我也不明白，所以我喜歡安安。她的話不多，回應恰到好處，舉手投足都透著溫柔，像在對著妳說，嘿，不願意說話就不要說好了，可如果妳想聊天，我都在。

有次我走進店裡，安安聽見推門的聲音，立刻對我展開笑容。

我匆忙坐下打開手提電腦，對她說：「不好意思等我一下，馬上就好。」

她點點頭，拿來一個枕頭讓我墊著電腦，又倒了一杯溫水，替我將插頭插上。十分鐘後，我把電腦闔上，呼出一口氣。

安安在我對面坐下：「趕著交稿嗎？」

我說是，她笑著搖頭：「真不知道妳這些故事都哪來的。」

「這是商業機密，洩漏了要滅口。」

「對妳來說，什麼時候一段感情才算結束？」她突然問我。

「寫出來，公開發表換稿費的時候吧！」我想了想。「這就叫做愛情與麵包不能兼得。」

她大笑，沉默一陣後開口：「這件事，我從來沒有對任何人說過。」

2.

五年前的安安，和現在完全不一樣，穿著性感，妝容精緻，身上的道具不但只選名牌，還非爆紅款不戴。她在酒店工作，賺錢很快，家裡狀況改善之後，剩下的錢打扮自己，天經地義。

她和一班姊妹都想趁年輕貌美多賺幾年，年紀差不多就找個老實人嫁了，一生也就這樣，可她偏偏遇見了小馬。

他是她的客人，第一次和朋友來這種風月場所消費，舉止羞澀，帶著初出社會的靦腆。挑小姐的時候，大家都起鬨讓小馬先選，他很不好意思，眼神不敢在女孩子的臉上停留太久，估量著根本沒細看，伸手指了指安安。

她不知道為什麼，霎那臉紅了一紅；姊妹們身材比她好的有，長相比她美的有，小馬可能只是隨便挑了一個，但她還是有點高興，她告訴自己，一定是因為沒經驗的客人比較好應付。

她很快坐在小馬旁邊，兩人都有點尷尬，一直要到幾杯酒之後，他才放鬆一點，告訴她自己是剛搬來這個城市工作的，被當地的朋友接風，吃完飯大家說要來玩一玩，死活不讓他先走。

小馬的側臉很好看，鼻子很高，眼睛細長，兩鬢的頭髮剃得短短的，安安不敢挨著他太近，從頭到尾小馬都沒有把手放在她身上。

但不知道為什麼，安安覺得她就是他的。

很快小馬就喝醉了，其他人還在玩，一個朋友讓幹部進來：「讓這個小姐把他送回家吧！她的出場費我買。」

幹部遲疑了一下，陪著笑臉回答：「不好意思先生，給你換一位好嗎？安安從來不出場。」

對方還沒反應過來，安安扯了扯幹部的袖子，用很小的聲音說：「沒關係，客人這麼醉，我破例一次好了。」

幹部驚訝地看著她，安安知道他心裡想什麼，開著酒店做生意，客人要是不醉才稀奇，哪次她買過帳。

但根據某個說不出來的原因，她就是覺得，自己不能丟下他。

費盡九牛二虎之力將小馬拖回去之後，安安已經滿身大汗，妝也糊得差不多，她把小馬的頭在枕頭上側放，站起來準備離開，他在睡夢中嘀咕了一聲，頭也不回地，把手伸到身後，下意識抓住她的手。

那晚安安沒有走。

第二天早上，小馬比她早起，安安被他站起來的動作驚醒，他轉過頭，有點尷尬，但對她笑了笑。

「早安。」他說，安安點點頭。

「妳要不要先洗個澡？」小馬問她，安安站起來，他立刻禮貌性轉頭，坦白說也沒什麼見外的必要了，但他就是覺得應該避開視線。

這個小動作讓她感到很舒服。

洗澡的時候，安安盡量讓腦袋放空，想著等等要怎麼和小馬道別，她決定要以輕鬆成熟的態度面對昨晚的事，千萬不要小家子氣，給對方該負責的感覺。可當她穿好衣服從浴室走出來的時候，小馬正靠在門口等她。

見她頭髮半溼，小馬笑了：「又不趕時間，為什麼不把頭髮吹乾？」

他伸手將她額前的溼髮撥到耳後，安安傻愣愣地看著他：「我、我找不到吹風機……」

小馬把她拉進浴室，從抽屜中翻出吹風機，讓還沒反應過來的安安坐在洗手臺上：「我來吧！」

他吹頭髮的姿勢非常笨拙，手指在她的髮根中亂撥，讓安安自覺像一隻薩摩耶，好幾次他還將她的長髮捲進風筒，只能頻頻道歉。

安安低著頭，突然哭了，即使在吹風機那麼吵雜的聲音裡，她都能聽見自己被擊中的聲音，心臟好像破了一個小孔，有種金色的、美好的東西往拿著吹風機的人那一邊緩緩流過去。她有點慌，因為發現自己攔不住，說好的輕鬆成熟都不知道飛到哪個時空。

等小馬吹得差不多了，將安安的頭抬起來，才發現她淚流滿面。

「抱歉抱歉。」他手足無措：「第一次幫女生吹頭髮，吹得太醜了對不對？」

安安說不出話，只能一直搖頭。

「那一定是肚子餓了。」他將她抱在懷裡：「我們去吃飯。」

3.

之後的三天，他們一直在一起。第一次在他的朋友面前出現，大家一見安安都傻了眼。去酒店的人有個不成文的規定，白天與晚上是兩個世界，當晚發生的事當晚散，不能說不能見光，帶出場的小姐就算過夜，醒來一定要走。

一方面她們要回公司報到，不然酒店會照算錢，同時也是個脫身的時間點；除非是包養，沒有人會把酒店的小姐往白天的場所帶。

安安對小馬提過要回公司報到，小馬沉默一會兒問她：「如果妳三天都不回去，怎麼算錢？」

安安報了一個數字，他偏著頭想了想，笑著牽起她的手：「那就不要回去了。」

她呆住了，不敢相信自己的好運氣。

接下來幾天，剛到這個城市的小馬帶著她到處玩，無論身邊的朋友如何擠眉弄眼，嘲笑他沒見過世面，第一次出去玩就「沉船」，他都不以為意。

安安一直告訴自己，小馬只是一個比較投緣的客人，這三天就當一個受薪假期，結束了也該醒了。可等她回到生活正軌之後，小馬還是與她保持聯絡，他也提過要來店裡找她，但安安不肯，說哎呀你別花這個冤枉錢了，我們自己外面約就可以。

身邊的姊妹們聽到她這樣說，忍不住搖頭。

小馬很快開始工作，找了房子租，起租的那天，他帶著安安去看，問她覺得如何。安安點點頭，說挺不錯的，採光很好。小馬開心地笑了，帶著點害羞：「那妳願不願意搬過來？」

安安呆了兩秒，緩緩轉過頭，外面的月光很亮，銀色的溫柔從窗戶洩進來，流淌在深色的木地板上，美得不像現實；可她想，這一切和小馬認真的神情比起來，還是差了一點點。

在安安撲進小馬懷裡的那一刻，她聽見自己說好。

4.

我想他們接下來的日子一定很甜，因為直到現在都能勾起安安臉上一陣笑意。安安縮短了工作時間，盡量不打擾小馬上班，雖然這樣會減少收入，但她並不在乎。

她甚至想過換個工作，畢竟如果長遠來看，她的職業一定是個問題；想到這，她又訕笑自己異想天開，現在就想那麼多的人，是自己和自己演對手戲。

可兩人之間發生的片段，又讓她覺得這次說不定就是一生一世。

像她後來才知道，小馬家雖然環境不錯，但家教甚嚴，物質上並非予取予求，那次和她相處三天，已經是他一個月的生活費。像有次小馬帶她看電影，等入場的時候遇見朋友，安安下意識甩開小馬的手，想要避到一邊，他卻緊抓著她不放，若無其事地與她並肩與友人聊天。

安安並不以自己的職業為恥，但她很高興他也這麼想。

在一起大半年之後，有天小馬回家，面有難色地與安安商量，說自己的親戚要來借住，她在這裡不方便，能不能找間旅館避開幾天。

安安不疑有它，溫順地答應，小馬有點愧咎，保證會盡快介紹她與家人認識，以後兩個人就能名正言順，不必躲躲藏藏。雖然兩個人都沒說，但安安知道自己要過長輩那關，是有些難度的。

她不是小孩子了，以前談戀愛，以為喜歡是最重要的，後來覺得不可或缺的是緣分，等到喜歡和緣分都變得虛無飄渺，才發現時間是關鍵；能堅持到最後的人，總會得到什麼東西。

等到小馬的親戚離開之後，搬回來的安安才發現不對；她的私人物品被收得一乾二淨，連家裡打掃阿姨都換了一個。在她逼問之下，小馬才承認，這幾天來住的，是他家鄉的未婚妻。

安安晴天霹靂，同時將過去日子的一些疑點都連接起來；她明白了小馬為什麼總是手機不離身，常常在陽臺講很久的電話，逛街吃飯都要定位自拍，還有幾張不讓她入鏡。

小馬對哭著的她解釋，自己和未婚妻在一起很多年，兩個人早就沒有激情，剩下的是家人的感情，以及雙方家族千絲萬縷的商業關係。

坦白說安安也知道這種藉口是劈腿的慣伎，老套至極，但就在她收拾行李要離開的時候，小馬拉住她說了一句，妳就這麼捨得我？

安安一陣心酸，提著旅行袋的手鬆了，哭著投進他懷裡。

5.

我是個很好的聽眾，故事講到這裡，都沒有打斷安安一句。但我心裡旁白非常多，這種話聽起來就是權宜之計好嗎，裝可憐的男人最要不得啦！對別人心軟就是對自己殘忍，沒有分不開的關係，有的只是敷衍的藉口。

可我也明白，事不關己的時候，道理都是一套套的，如金玉般擲地有聲，但根本無濟於事。

兩人和好後，小馬不讓安安再去酒店上班，他每個月給她一點錢，雖然和她之前的收入不成比例，但她是溫馨而甜蜜的。畢竟這世界上只有兩種表達愛的方式，一種是花錢，一種是花精神；小馬每天與她相處，又願意照顧她的生活，除了遠方有個女人能理直氣壯地讓她偶爾離家幾天，安安大部分的日子並不受影響。她的好處是不吵不鬧，最多默默流淚，她的懂事往往讓小馬內疚不已，再三保證等待是值得的，他只是需要多一點準備。

他們並不避談未來，小馬甚至開玩笑說過，以後他們的孩子要像安安，自己才會多疼他一點。老實說，她目前對孩子並沒有太大興趣，但安安喜歡小馬說「他們」的神情，讓她覺得自己不是唯一對往後有計畫的人。

她相信小馬，認為只要願意等，該來的就會來，時間不會虧待她，將與她同一陣線。

過了幾個月，有天晚上小馬面有難色地回來，安安一看就知道是怎麼回事。她雖然委屈，但也知道為難愛人於事無補，於是默默收拾了自己的東西。臨走前，她特別細心檢查環境，將家裡收拾得一塵不染，連一絲頭髮都不放過。

小馬在一旁看著她，特別不忍：「要不我們再租一個地方，可能小一點，但妳就不用搬來搬去。」

可她要聽的不是這個。

安安轉過頭嫣然一笑：「別亂花錢，我沒事的。」

出門前，她特地給了打掃的阿姨一個紅包，叮囑她千萬別在未婚妻前提到她的存在，老人家充滿疑惑，但保證一字不提。

回家的那天，安安還買了菜，準備下廚為小馬做晚餐，阿姨在一旁幫手，突然說了一句，小姐妳真會過日子，不像太太，從來不煮飯，和先生都是叫外賣。

她腦袋一陣空白，耳朵充滿嗡嗡聲，但她清楚聽到自己反問：「太太？」

阿姨有點尷尬回答：「先生說是未婚妻，所以讓我叫她太太，方便一點。」

安安麻木地點頭，繼續切菜。

她明白了，原來只有自己在為將來打算，不，或許這麼說是不公平的，小馬也在計畫，只是她計畫的是未來，他計畫的是離開。

那天安安做了一桌菜，在小馬還沒下班回家之前，帶上門走了。

6.

後來安安報名了課程，在別人的店裡幫了幾年忙，存夠了錢，開了這間小店。我開始有點明白她為何如此溫柔，大概是因為失去過非常重要的東西，所以比別人多一份恬靜與淡定。

「妳會不會覺得我很傻？」她問我。

我搖搖頭。

這個時候店門突然被推開，一個年輕人走進來，他滿臉笑容，什麼也沒說，遞了一支花給安安，是那種

SALADINO
VILLA
VAN GOGH
GREEN

玻璃紙包的深紅玫瑰，一看就知道不新鮮，放再久都開不了。

「哎呀！沒事浪費這個錢做什麼。」她嗔怪地說。

「剛下班，想來看看妳，路口有個賣花的老太太，看著挺可憐的，就買了一朵。」他不好意思地回答。

我低頭微笑，神還是公平的吧！

或許溫柔懂事的人註定累一點，到最後誰欠誰也無法計算討要，但一定會有人出現，心疼你曾經那麼傻，把多給出去的都還你。

鮮花勝放，燦爛如海，有人匆匆路過，驚鴻一瞥；有人隨意摘取，辜負美麗；有人駐足停下，留戀芳香。

我知道這世上很多事都是講運氣的，可無論多少陣清風拂面，多少場大雨傾盆，請你不要忘記搖曳綻放。

風雨再大，都有人會在奼紫嫣紅中認出愛的模樣，將你配在襟前，如珠如寶，日出日落，自始至終。

你的美好，千金不換

作者／穆熙妍 Crystal Mu
發行人／黃鎮隆 Michael Huang
副總經理／陳君平 Luke Chen
總編輯／洪琇菁 Jane Hung
執行編輯／陳昭燕 Echo Chen
美術監製／沙雲佩 Yun-Pei Sha
美術編輯／李政儀 Monika Lee
國際版權／黃令歡 Carol Huang
企劃宣傳／邱小祐 Synthia Chiu
劉宜蓉 Nono Liu

排版／尚騰製版印刷 Shang Teng
影片攝影&影片剪輯／葛瑞 Greatshot
影片攝助／林翠薇 Juro
黃于真 Claire
照片攝影／紅人 Red man
妝髮／雯子 Lolita Liu
協力／Fiona Chen
Eros Hung

出版／
城邦文化事業股份有限公司 尖端出版
104 台北市中山區民生東路二段141號10樓
電話：(02)2500-7600 傳真：(02)2500-2683
讀者服務信箱：7novels@mail2.spp.com.tw

發行／
英屬蓋曼群島商家庭傳媒股份有限公司城邦分公司 尖端出版
104 台北市中山區民生東路二段141號10樓
電話：(02)2500-7600 傳真：(02)2500-1979
劃撥專線：(03)312-4212
戶名：英屬蓋曼群島商家庭傳媒(股)公司城邦分公司
劃撥帳號：50003021
※ 劃撥金額未滿500元，請加付掛號郵資50元

法律顧問／
王子文律師 元禾法律事務所 台北市羅斯福路三段37號15樓

台灣地區總經銷／
中彰投以北(含宜花東) 楨彥有限公司
電話：(02)8919-3369 傳真：(02)8914-5524
雲嘉以南 威信圖書有限公司
(嘉義公司)電話：0800-028-028 傳真：(05)233-3863
(高雄公司)電話：0800-028-028 傳真：(07)373-0087

馬新地區總經銷／
城邦(馬新)出版集團 Cite (M) Sdn Bhd
電話：603-9057-8822 傳真：603-9057-6622
E-mail：cite@cite.com.my

香港地區總經銷／
城邦(香港)出版集團 Cite (H.K.) Publishing Group Limited
電話：852-2508-6231 傳真：852-2578-9337
E-mail：hkcite@biznetvigator.com

版次／
2018年7月1版1刷 Printed in Taiwan